KiWi
PAPERBACK
868

Über das Buch:
Was ist hier eigentlich los?

Ein Lippenstiftrest wird nach einem feuchten Traum zum Gottesbeweis, die tätowierte Nummer auf dem linken Arm zum Lottogewinn und ein Fleischermesser zum Garanten einer glücklichen Ehe. Mit Titeln wie »Kosmos«, »Der Sinn des Lebens«, »Das erste Mal« oder »11. September« werden die ganz großen Themen angeschlagen, dann aber rasant auf ein scheinbar profanes Alltagsformat gebracht. Träume, Phantasien und Freudsche Fehlleistungen führen dabei zu den überraschendsten und befreiendsten Erkenntnissen. Zum Beispiel stößt der Literaturstudent Orlovsky in Kafkas Tagebüchern auf den Eintrag »Manchmal denke ich, ich bin einfach nur bescheuert« – und erhält dadurch ein völlig neues Bild vom großen Dichter, ohne den Satz später jemals wiederfinden zu können.

Seit zwanzig Jahren schreibt Maxim Biller seine »Moralischen Geschichten«, die inzwischen auch regelmäßig in der Frankfurter Allgemeinen Sonntagszeitung erscheinen. Sie sind jüdisch, komisch und manchmal auch ein bißchen wehmütig – und mit Sicherheit etwas ganz Neues in der deutschen Literatur.

Über den Autor:
Maxim Biller, geboren 1960 in Prag, lebt seit 1970 in Deutschland. Zuletzt erschienen von ihm der Erzählband »Bernsteintage« und die CD »Maxim Biller Tapes« mit 18 Songs.

Maxim Biller

MORALISCHE GESCHICHTEN

Kiepenheuer & Witsch

3. Auflage 2006

Umschlaggestaltung und Layout: Walter Schönauer, Berlin
Umschlagillustration: © Michael Bielicky
Gesetzt aus der Stempel Garamond
Satz: Greiner & Reichel, Köln
Druck und Bindearbeiten: Clausen & Bosse, Leck
ISBN 10: 3-462-03477-4
ISBN 13: 978-3-462-03477-6

»Wie spät ist es?«

Joseph Heller, Gut wie Gold

Petersilie

Shoshi und Kohn waren zwölf Jahre, zwei Monate und drei Tage zusammen. Dann hielt er ihr einmal die Tür nicht auf, und schon schmiß sie ihn raus.

Kohn ging zu seinen Eltern. Er hatte sie zwölf Jahre, zwei Monate und drei Tage nicht mehr gesehen, und vielleicht erkannte er sie deshalb nicht wieder. Nein, nicht deshalb. Er hatte sich in der Tür geirrt, und die beiden gutangezogenen Schwulen, die ihn hereinbaten, ihm Tee kochten und verständnisvolle Fragen stellten, wären Kohn als Mama und Papa natürlich viel lieber gewesen.

Bevor er ging, fragte er sie im Spaß, ob sie ihn adoptieren würden.

»Klar«, antwortete einer der beiden im Spaß. Und der zweite fügte im Spaß hinzu: »Wir wollten schon immer den großen haarigen Herrn Kohn im Kinderwagen durch Eppendorf schieben.«

Ein Stockwerk höher war die Stimmung ganz anders.

»Ich brauch' noch Petersilie«, sagte Kohns Mutter, als er nach zwölf Jahren, zwei Monaten und drei Tagen wieder vor ihr stand. »Petersilie, verstehst du, nicht Dill. Und nimm den Müll gleich mit.«

»Sag ihm«, rief sein Vater aus dem Wohnzimmer, wo er mit dem Salz- und Pfefferstreuer den israelischen Rückzug aus Gaza nachspielte, »er soll den Müll mitnehmen. Und wenn er wieder Dill kauft statt Petersilie, reiß' ich ihm die Eier ab.«

Als Kohn vom Einkaufen zurückkam, sah ihn seine

Mutter mitleidig an. »Ich hab' doch Dill gesagt«, sagte sie, »und du bringst mir Petersilie.«

»Er hat bestimmt Petersilie gekauft«, rief sein Vater aus dem Wohnzimmer. Er räumte gerade die Westbank, naja, einen ganz kleinen Teil davon.

»Es geht mir nicht so gut«, sagt Kohn und fing an zu weinen.

»Natürlich«, sagte seine Mutter höhnisch.

»Jetzt heult er bestimmt gleich wieder«, rief sein Vater.

»Ja«, sagte seine Mutter, »jetzt geht's schon wieder nur um ihn.«

»Daß wir uns seinetwegen Sorgen machen, ist ihm ja egal«, rief sein Vater beleidigt. Er hatte eben begriffen, daß Ostjerusalem auch nicht zu halten war.

»Ja. Hauptsache, ihm geht es gut«, sagte seine Mutter.

»Genau«, rief sein Vater. »Wir könnten sterben vor Kummer um ihn, aber nein, er leidet trotzdem weiter.«

In dem Moment klingelte Kohns Telefon. »Weißt du, mein Dudschik«, sagte Shoshi zärtlich, »ich könnte mir doch auch manchmal die Tür selbst aufmachen. Findest du nicht?«

»Das würdest du wirklich tun?« sagte er.

»Aber natürlich. Und jetzt komm bitte schnell zurück.«

Und so verließ Kohn seine Eltern wieder, und er hat sie seitdem nicht mehr gesehen. Er hofft, das bleibt so noch eine Weile. Zwölf Jahre, zwei Monate und drei Tage wären ganz okay.

Viagra

Wer hat nicht schon mal seine Frau betrogen? Hornstein, der Zahnarzt. Dann kam aber Anfang August diese schreckliche Hitzewelle, und plötzlich gab es auf den Straßen Frankfurts mehr zu sehen als im Schlafzimmer der Familie Hornstein.

Jetzt hielt es auch Hornstein nicht mehr aus. Er rief eine Kollegin in Wiesbaden an, mit der er beim letzten Dentistenkongreß in Bad Reichenhall eine interessante Diskussion über die Vor- und Nachteile von Zahnersatz bei Oralverkehr hatte. Die Kollegin konnte sich an Hornstein zwar nicht erinnern, war aber trotzdem sofort bereit, sich mit ihm in der Mittagspause in einem Frankfurter Bahnhofshotel zu treffen. Er selbst wußte auch nicht mehr, wie sie aussah – sie hatte aber noch alle ihre Zähne, das hatte er nicht vergessen.

Auf dem Weg zum Bahnhof nahm Hornstein schnell eine halbe Viagra. Er brauchte sie nicht wirklich, aber daß er sie gar nicht gebraucht hätte, kann man auch nicht gerade sagen. Das merkte er schon am Bahnsteig. Er stand da, übte das unauffällige Winken mit der neuesten Ausgabe des »Jüdischen Dentisten«, das sie verabredet hatten, und spürte eine Erektion in der Hose, die er das letzte Mal vor vierzig Jahren zustandegebracht hatte. Damals überraschte er an einem Schabbatnachmittag seine Eltern nackt in ihrem Bett in der spektakulären Baruch-Spinoza-Stellung.

Der Zug, der Hornstein Erlösung bringen sollte, kam

nicht. Wegen der Hitze hatten sich die Gleise irgendwo zwischen Frankfurt und Wiesbaden verdreht, und die Kollegin sagte per SMS ab. Jetzt hatte Hornstein also ein Problem. Zuerst versuchte er, Eis zu essen, um sich von seiner Erregung abzulenken. Dann ging er in die Bahnhofsbuchhandlung und blätterte mehrere Bände über das Dritte Reich durch. Aber die Erektion blieb. Auch eine Golda-Meir-Biografie konnte ihm keine Erleichterung verschaffen. In der Praxis schloß er sich dann im Röntgenraum ein und befriedigte sich dreimal selbst. Er hätte es noch fünfmal machen können. Kaum war er fertig, richtete sich dieses Viagra-Monster da unten schon wieder auf.

Als Hornstein nach Hause fuhr, begann es das erste Mal seit Wochen zu regnen. Es stürmte und donnerte, und die Temperatur fiel um ganze zehn Grad. War das seine Rettung?, fragte Hornstein sich verzweifelt. Nein, war es natürlich nicht. Beim Aufschließen der Haustür kam er mit seinem riesigen Schmendrik gegen die Klinke, und die Tür sprang wie von selbst auf.

Hornsteins Frau Berele – eigentlich Barbara – bemerkte sofort die ungewohnte Veränderung an ihrem Mann. Sie schob ihn ohne zu zögern ins Schlafzimmer, und ungefähr zwei Stunden später gab sie wieder auf. »Also weißt du, Liebling«, sagte sie völlig außer Atem, »wenn du mich umbringen willst, geht das mit einer echten Waffe leichter.«

Am nächsten Morgen waren es draußen wieder fast vierzig Grad im Schatten. Und Hornsteins Ding stand immer noch wie eine Eins.

Bernsteintage

Das erste Buch, das Bernstein veröffentlichte, war ein Sexualratgeber für Senioren mit übersteigerter Libido. Obwohl er selbst noch keine dreißig war, wußte er, wovon er redete. Außerdem wollte er auf diesem Weg seinen Eltern etwas sagen – er wußte nur nicht genau, was. Die beiden redeten seit Jahren nicht mehr miteinander, hatten aber noch Sex. Das merkte Bernstein daran, daß bei ihnen in der Schlafzimmertür oft einer von diesen riesigen weißen Büstenhaltern seiner Mutter klemmte. Manchmal standen sie auch beim Essen plötzlich auf, und wenn sie zehn Minuten später zurückkamen, hatte seine Mutter die dikke schwarze Brille seines Vaters auf, und er trug ihr Kleid. Bernsteins Buch hieß »Sex ist nicht alles« und wurde von der Kritik als die Wiedergeburt der jüdischen Literatur im Geist von Mendelssohn und Ephraim Moses Kuh gepriesen.

Bernsteins zweites Buch war ein Sexualratgeber für Dreißigjährige. Es war Wort für Wort dasselbe Buch, weil Bernstein aus Versehen beim Verlag das Manuskript von »Sex ist nicht alles« abgegeben hatte. Es trug den Titel »Sex ist alles«. Die Rezensenten erklärten, das zweite Buch sei für einen Schriftsteller immer das schwierigste, und so gesehen habe Bernstein wirklich nichts falsch gemacht. Sie fühlten sich beim Lesen diesmal allerdings mehr an die Sagen des Baalschem Tow und die wunderbar hintergründigen Geschichten des Rabbi Schmockowski von Potzstadt erinnert. »Chassiden sind Jidden«, lautete der letzte Satz des großen »Spiegel«-Artikels über »Sex ist alles«, und das brachte Bernstein gleich ein paar Tausend mehr Auflage in Ostdeutschland.

Als nächstes gab Bernstein ein indisch-koreanisches Kochbuch heraus. Die Kritik spielte verrückt. Man verglich ihn mit Kafka, Bruno Schulz und Celan, mit den großen jüdischen Magiern des zwanzigsten Jahrhunderts, die, wie »Die Zeit« schrieb, »in den Kochtöpfen ihrer Prosa eine Welt zusammenrührten, die es zum Glück nicht mehr gibt«. Weil Bernstein kein besserer Titel einfiel, nannte er es »Sex ist nicht alles«, und er bekam dafür den Ernst-Jünger-Gedächtnispreis, und ins Bundeskanzleramt wurde er auch eingeladen, aber eigentlich war nicht er es, sondern der Dirigent Barenboim, und es war nicht das Bundeskanzleramt, sondern die israelische Botschaft.

Mit seinem letzten Buch kam Bernstein aber nicht so gut an. Es hieß »Bernsteintage« und war ein jüdischer Familienroman in der Tradition von Isaac Bashevis Singer und Ilja Richter. »Warum muß Bernstein immer nur über Juden schreiben?« ärgerte sich der Literaturchef der »Frankfurter Rundschau« über ihn – und mit ihm praktisch jeder andere kluge Kopf im deutschen Feuilleton.

Die Rede

»Meine Damen und Herren, Juden und Deutsche, Mama und Papa«, begann Diskin seine Antrittsrede als Bundespräsident letzte Woche im Reichstag, »mir geht es heute überhaupt nicht gut. Gestern abend war ich viel zu lange im Due Forni, und ich habe diese Nudeln mit Leber gegessen, von denen mir die ganze Nacht schlecht war. Dann rief morgens um sieben meine bescheuerte Tochter Rosa aus Tel Aviv an, weil der Boiler im Badezimmer nicht ging, und wir mußten für sie von hier aus einen gottverdammten Installateur organisieren. Und als ich schon im Wagen saß, war Weinreb auf meinem Handy und meinte, wenn ich ihm nicht sofort fünftausend Dollar leihe oder noch besser zehntausend, springt er aus dem Fenster.

Verstehen Sie jetzt, meine Damen und Herren, wie es mir geht? Natürlich nicht. Sie denken ja immer nur an sich! Genauso wie meine Rosa. Sie wollen, daß ich hier jetzt eine schöne Rede halte, daß ich Ihnen sage, macht dies, macht das, und dann gehen Sie nach Hause und machen sowieso alles ganz anders. Und wissen Sie was? Ist mir doch egal! Man hätte mich genauso zum Präsidenten von Honduras oder von Liechtenstein machen können oder von Besiktas Istanbul. Hauptsache, ich kann in einer Riesenvilla wohnen, meine Flüge kosten nichts, und hundert Gojim laufen die ganze Zeit um mich rum und fragen mich, ob ich noch was brauche.

Ein paar Ratschläge kann ich Ihnen trotzdem geben,

wenn ich schon hier bin. Gut, es werden nicht wirklich Ratschläge sein, mehr so Bonmots oder Sentenzen oder so was, aber die wollte ich schon immer mal loswerden. Erstens: Nichts gelingt wie geplant. Zweitens: Wer viel arbeitet, kriegt viel auf den Kopf. Drittens: Das Geld gehört immer den andern. Viertens: Deutschland den Deutschen. Fünftens: War nur ein Witz. Sechstens: Die beste Take-Away-Pizza der Stadt gibt's bei Hebron Pizza am Ku'damm, fragt nach Izzy Frenkel, das ist mein Schwager, der bringt sie euch ohne Rechnung für den halben Preis. Und siebtens: Über die neue scharfe russische Verkäuferin bei Gucci in der Friedrichstraße müssen wir noch mal unter vier Augen reden.

Meine Damen und Herren, Juden und Deutsche, Mama und Papa! Mehr fällt mir im Moment wirklich nicht ein! Ich freue mich jedenfalls schon sehr auf die nächsten fünf Jahre, und weil wir uns so gut verstehen, hänge ich bestimmt noch mal fünf Jahre dran. Und jetzt muß ich ans Handy, meine kleine Rosa ruft wieder an ... Ja, Rosa? Ja? Aber ja, mein Kätzchen, natürlich, geh ruhig mit ihm aus, er ist aus einer sehr guten Familie. Aber laß ihn bezahlen, hörst du? Dein Tate ist kein Rotschild!«

Eier

Als Kohn seinen Eltern sagte, er wolle eine Deutsche heiraten, brach seine Mutter in Tränen aus, und sein Vater brummte: »Ganz schön clever.« Als Andrea, Kohns Zukünftige, ihren Eltern sagte, sie wolle einen Juden heiraten, luden die ihn zum Osterfrühstück ein.

Zuerst mußten Andrea und Kohn draußen im Garten Eier suchen. Es regnete, war saukalt, und in Kohns Osternest lagen fünf gettogelbe Schoko-Eier von Nestlé sowie ein Fotoband über jüdische Friedhöfe in Niedersachsen. Dann ging es an den Frühstückstisch. Es gab hartgekochte Eier in verschiedenen Farben, und komischerweise erwische Kohn immer die gelben. Das lag vielleicht daran, daß er genau hinter dem Osterstrauß saß und wegen der vielen frühlingshaft leuchtenden Eier, die daran baumelten, nicht sehen konnte, was am Tisch vorging. Dann machten alle einen Osterspaziergang, und es regnete weiter, und auf Kohns Regenschirm stand »Deutsch-Israelische Neurodermitistage, Bonn 1980«. Hinterher wurde ein kleiner Imbiß mit Soleiern serviert, und jetzt konnte Kohn bald wirklich nicht mehr.

Aber er mußte. Im Auto, auf dem Weg nach Hause, sagte Andrea erregt, sie habe für heute von Eiern noch lange nicht genug. Kohn wußte genau, was sie meinte. Gut, dachte er, den Teil von Ostern nehm' ich auch noch mit, und morgen ruf' ich sofort Shoshi Marmorstein an, meine erste große Liebe, bestimmt will sie mich immer noch.

Kafka

Der Literaturstudent Orlovsky las oft in den Tagebüchern des von ihm verehrten Prager Dichters Franz Kafka. Am Abend nach seiner schriftlichen Magisterprüfung ging Orlovsky früh ins Bett. Er machte das große Licht aus und begann im Schein der Nachttischlampe in Kafkas Tagebüchern zu blättern. Zu seiner Überraschung stieß er auf eine Stelle, die ihm vorher nie aufgefallen war. Unter der Eintragung »27. August 1911, Bern« stand dort: »Manchmal denke ich, ich bin einfach nur bescheuert.«

Als Orlovsky am nächsten Tag seinem Freund Michi Herink den Satz zeigen wollte, gelang es ihm nicht, ihn wiederzufinden. Auch in späteren Jahren – Orlovsky war jetzt Feuilletonredakteur bei den »Badischen Nachrichten« – suchte er ihn vergeblich. Dennoch war Franz Kafka seit jenem denkwürdigen, magischen Abend in seiner Achtung noch mehr gestiegen.

Brod

Der Tag, an dem Max Brod die nachgelassenen Manuskripte seines verstorbenen Freundes Franz Kafka verbrennen wollte, begann nicht gut. Zuerst küßte er aus Versehen seine Frau, was er seit zwei Jahren nicht mehr getan hatte. Dann verschluckte er beim Frühstück seine einzige goldene Zahnkrone. Und als er kurz darauf Franzens Papiere in den Küchenofen schieben wollte, so wie der es von ihm in seinem Testament verlangt hatte, warf sich seine Frau vor ihn und rief: »Das kannst du nicht machen! Mach das nicht! Testament hin oder her!«

So – und nur so – kam es, daß Franz Kafka weltberühmt werden konnte, und jeder, der glaubt, Max Brod hätte sich absichtlich Franz Kafkas letztem Willen widersetzt, hat einfach nichts verstanden.

Spielberg

Der Amerikaner, neben dem der erfolglose Drehbuchautor Kamensky im Flugzeug von Tel Aviv nach Frankfurt saß, war nicht Steven Spielberg, obwohl er sich als Steven Spielberg vorgestellt hatte. Kamensky bemerkte das sehr schnell: Zuerst wollte sein bärtiger Sitznachbar nichts von Kamenskys Drehbuch wissen, das im Frankfurt des 22. Jahrhunderts spielte und eine Art futuristische Ritualmord-Burleske war, wie Kamensky selbst es nannte. Dann weigerte er sich, zumindest Kamenskys Tante Lola aus Holon für sein weltbekanntes Holocaust-Videoprojekt zu interviewen. Und spätestens, als er es ablehnte, Kamensky bis Ende nächster Woche vierhundert Dollar zu leihen, wußte Kamensky Bescheid. Trotzdem unterhielt sich Kamensky weiter mit ihm, und nachdem sie gelandet waren, fragte er, ob er die Kekse aus seiner Snacktüte haben dürfe. »Ja«, sagte der falsche Spielberg auf amerikanisch und sah Kamensky mitleidig an, »wir Juden müssen uns doch gegenseitig helfen.« Später, in der S-Bahn nach Hause, überlegte Kamensky noch lange, ob der falsche Spielberg nicht vielleicht doch der richtige war, denn schließlich war der richtige ja auch irgendwie der falsche. Jedenfalls hatte Kamensky noch nie einen solchen verlogenen, unrealistischen Scheißdreck wie »Schindlers Liste« gesehen, einen Film, in dem die Nazis groß und stark waren, die Juden aber so hilflos und grau wie Flöhe.

Woody Allen

Der Filmkritiker Süssman, der immer schon so einen Verdacht hatte, fand gleich bei seinem ersten New-York-Besuch heraus, daß Woody Allen in Wahrheit der Sohn eines berüchtigten ukrainischen KZ-Aufseherpaars war, das nach dem Krieg vom CIC falsche jüdische Dokumente bekommen hatte – und daß er es auch noch wußte. Obwohl Süssman Woody Allens Arbeit spätestens seit »The Purple Rose of Cairo« als epigonalen Manierismus verachtete, beschloß er, die sensationelle Enthüllung für sich zu behalten. Man muß, dachte er, den Feinden seines Volkes schließlich nicht an jeder Front weichen.

Shoshi

Shoshi und Kohn saßen im Café Paris, und Kohn sah so aus, als hätte er nur noch vier Minuten zu leben.

»Du siehst heute aber wirklich nicht gut aus, Dudschik«, sagte Shoshi, »willst du darüber reden?«

»Ja, furchtbar gern, Struppi.«

»Aber ich nicht!« sagte Shoshi, und sie rammte ihm zwei Finger ins Gesicht und drehte langsam an seiner Nase.

Kohn schossen vor Schmerz Tränen in die Augen.

»Sei jetzt bloß nicht beleidigt!« sagte Shoshi und drehte weiter. Irgendwann ließ sie los und sagte: »Ich hab' bald Geburtstag. Was krieg' ich?«

Eine Paketbombe, dachte Kohn. Er sprang auf und rannte ohne Mantel auf die Straße.

Draußen war es sehr kalt, und die Frau, die Kohn ansprach, war groß, blond und trug eine viel zu dünne Barbourjacke.

»Nein! Kohn, der Kolumnist!« schrie sie aufgeregt.

»Ja«, sagte er.

»Sie sind größer, als ich dachte!«

»Wie meinen Sie das?«

»Ich sage nur Kissinger, Shamir, Gysi«, flüsterte sie.

»Tut mir leid, Sie enttäuschen zu müssen«, sagte Kohn, »dafür habe ich einen ganz kleinen Schmendrik.«

»Köstlich!« sagte sie und lachte. »Ist das aus Ihrer letzten Kolumne?«

»Nein, aus der nächsten.«

»Bestimmt werden Sie hundertmal am Tag angesprochen, lieber Herr Kohn.«

»Nein, nie«, sagte Kohn deprimiert. »Außerdem fühl' ich mich gerade so, als würde ich in vier Minuten sterben.«

»Was haben Sie denn? Ist der Dollarkurs gefallen?«

Kohn lachte müde.

»Es ist bestimmt wieder wegen Ihrer Shoshi«, sagte sie. »Ich sag' Ihnen, ohne sie wäre Ihre Kolumne aber nur die Hälfte wert.«

»Mir ist kalt«, sagte Kohn, »ich geh' wieder rein.«

»Und was hat sie diesmal gemacht?«

»Die alten Geschichten.«

»Hat sie etwa wieder an Ihrer Nase gedreht?!«

Kohn nickte traurig.

»Sie dürfen sich nicht alles gefallen lassen, Herr Kohn.«

»Ich geh' jetzt also wieder rein, o. k.?«

»Die Zeiten sind vorbei, in denen sich Leute wie Sie wehrlos ihrem Schicksal ergeben haben!« rief sie ihm hinterher. »Verstehen Sie?«

»Mein Gott, du bist ja eiskalt«, sagte Shoshi, als Kohn sich wieder neben sie setzte, und sie rutschte sofort ein Stück von ihm weg. »Wo warst du überhaupt?«

»Ich verlasse dich«, sagte Kohn.

Shoshi grinste. »Ach, das ist also mein Geburtstagsgeschenk?« sagte sie. Dann rutschte sie wieder ganz dicht an ihn heran und küßte ihn zärtlich, und später zu Hause drehte sie seine Nase ausnahmsweise mal in die andere Richtung.

Vergeltung

Die Woche, in der Rubiner beschloß, der allererste jüdische Selbstmordattentäter in der Geschichte zu werden, war für die Juden alles andere als rosig gewesen: Am Montag stand in der »Washington Post«, Ariel Sharon sei gar kein Jude, sondern ein aus Nablus stammender Perspektivagent der Al-Fatah, der dreißig Jahre lang immer nur das machte, was Arafat ihm sagte. Am Mittwoch forderte die EU-Kommission die Israelis auf, sich am besten gleich aus ganz Israel zurückzuziehen, das würde den Nahostkonflikt auf einen Schlag lösen. Und als Rubiner am Freitagabend bei Rogacki in der Wilmersdorfer Straße noch schnell ein paar Austern essen wollte, gab es keine mehr.

Rubiner beschloß natürlich nicht wirklich, sich und einige andere Unschuldige in die Luft zu sprengen. Aber der Gedanke daran, daß er jederzeit die Möglichkeit hatte, genau das zu tun, tröstete ihn und gab ihm Kraft. Er verstand zwar noch immer nicht wirklich, wie es funktionierte, aber die Palästinenser hatten mit dieser Methode schon seit Jahren sehr viel Erfolg: Je schlechter es ihnen ging, desto mehr fremdes Blut vergossen sie. Und je mehr fremdes Blut sie vergossen, desto weniger taten ihnen ihre eigenen Wunden weh.

Philip Roth

Unglaublich, aber wahr: Eines Tages hatte sich Schlamm, der erfolglose Schriftsteller, in den Penis seines weltberühmten Kollegen Philip Roth verwandelt! Schlamm las gerade Roths letztes Buch, und an der Stelle, wo Mark Portnoyowitsch den BH seiner Mutter verspeist und gleichzeitig mit seinem gewaltigen Samenstrahl die Schabattkerzen auslöscht, bekam Schlamm zuerst einen gigantischen Ständer – und kurz darauf fand er sich selbst als Erektion in der Unterhose des großen Philip Roth wieder.

Philip Roth lief in dem Moment ratlos in seinem Studio in Neuengland auf und ab. Er hatte schon dreiundfünfzig Seiten seines neuen Romans – Arbeitstitel »Fellatio praecox« – geschrieben, auf denen er siebenmal Hawthorne, achtmal Ralph Waldo Emerson und einundsechzigmal sich selbst zitiert hatte. Er hatte längst die sechziger Jahre abgehandelt, hatte Portnoyowitsch wie immer auf Urlaub in die Catskills geschickt und dort beinahe an einem Lachsbagel ersticken lassen, und danach mußte der arme Portnoyowitsch auch noch im Krankenhaus in den Spiegel schauen und erschreckt feststellen, daß er wie Anne Frank mit Schnurrbart aussah. In anderen Worten, alles lief nach Plan, nur daß dem großen Philip Roth noch keine von diesen spektakulären Sexszenen eingefallen war, nach denen seine Leser und Kritiker so süchtig waren.

In seiner Verzweiflung beschloß der frustrierte Sexmagier, sich erst einmal kurz selbst zu befriedigen, um den

Druck in seinem Kopf zu lösen. Eine Erektion hatte er, wie gesagt, sowieso schon, doch kaum legte er los, sprach die Erektion mit Schlamms Stimme zu ihm.

»Aua, Mr. Roth«, fuhr Schlamm ihn wütend an, »geht's nicht ein bißchen zarter?!«

Der große Philip Roth erschrak natürlich überhaupt nicht. Im Gegenteil, er hörte sofort wieder auf, sprang an den Schreibtisch und begann mit dem Satz »Aua, Mr. Portnoyowitsch, geht's nicht ein bißchen härter?!« jenes Kapitel in seinen Laptop zu hacken, das ihn endgültig weltberühmt machen sollte.

Vier Jahre später – der große Philip Roth und sein sprechender Penis waren inzwischen enge Freunde geworden – standen beide gemeinsam in Stockholm und ließen sich vom schwedischen König die Nobelpreisurkunde überreichen. Die Stimmung im Saal war gut, aber skandinavisch verhalten. Doch als Philip Roth am Schluß seiner Rede außer seinen Eltern, Spinoza und Groucho Marx besonders seinem sprechenden Penis für die Inspiration dankte, begann das Publikum vor Begeisterung zu toben. Also öffnete Philip Roth seine Hose, und Schlamm und er sangen gemeinsam für ihre Fans a cappella »Bajss mich a bissele« von den Barry Sisters.

Der Nachruf

Wer pinkelte sogar im Sitzen daneben? Zuckerkandl. Wer wurde bei Lesungen vom Publikum mit seinen eigenen Büchern beworfen? Zuckerkandl. Und wer glaubte, sein scharfer jüdischer Geist mache ihn bei den Deutschen so unbeliebt, dabei war es bloß sein eitriger Hautausschlag? Zuckerkandl – wer sonst.

Eines Tages rief ihn auch noch Frumsky vom »Jüdischen Anzeiger« an und meinte, Zuckerkandl solle ihm auf Halde seinen eigenen Nachruf schreiben.

»Hör zu, Zuckerkandl«, brummte Frumsky ins Telefon, »ich hab' viel zu tun, und ausstehen kann ich dich auch nicht. Also tust du uns beiden einen Gefallen. Und wenn nicht, schreib' ich, wenn du tot bist, daß sogar deine beschissenen kleinen Kolumnen einen polnischen Akzent hatten.«

»Was heißt, wenn ich tot bin, Frumsky?« sagte Zuckerkandl entsetzt. »Ich bin doch erst zweiundvierzig.«

»Wie du willst«, sagte Frumsky und legte auf.

Einen Tag später hatte Frumsky Zuckerkandls Text auf dem Tisch. Drei Tage später rutschte Zuckerkandl bei Starbucks am Hackeschen Markt aus, als er versuchte, sich unauffällig alle Zuckertütchen in die Jackettaschen zu stopfen, er verschüttete einen Doublesinglemokka, zwei Creamcherrycoffee und brach sich den Hals. Und fünf Tage später flog sein selbstverfaßter Nachruf in letzter Sekunde aus dem Blatt, weil kurz vorher die Amerikaner in Kanada einmarschiert waren.

Bei der Beerdigung hielt Frumsky die Rede. Er sagte, da könne man nichts machen, auch solche Typen wie Zuckerkandl müßten begraben werden, man könne ihn schlecht in einen Mülleimer stopfen. Dafür bekam er einen Lacher von den beiden Friedhofsdienern und dem schielenden Neffen des Rabbiners, der den Rabbiner vertrat. Die sechs arbeitslosen moldawischen Zirkusartisten, die den Minjan vollmachten, lachten, weil alle lachten, lieber auch.

Danach sprach Frumsky kurz über Zuckerkandls Kolumnen. Er meinte, Zuckerkandl sei nicht so ein Misanthrop gewesen, wie alle dachten, er habe bloß vor lauter jüdischer Hast auf dem Computer nie die Tasten getroffen, die er treffen wollte. Und daß ihn alle Frauen, mit denen er einmal einen Kaffee getrunken hatte, wegen sexueller Belästigung angezeigt hatten, wäre total übertrieben gewesen – er sei ihnen doch immer nur auf den Schoß geklettert, habe ihre Brust in den Mund genommen und »Mama« geschrien.

Während er sprach, wurde Frumsky immer sentimentaler. Auch die anderen spürten plötzlich, daß die Welt ohne einen so schrecklichen, verzweifelten Kerl wie Zukkerkandl ärmer war. Als am nächsten Tag endlich Zuckerkandls eigener Nachruf im »Jüdischen Anzeiger« erschien, kippte die Stimmung im ganzen Land. »Wer hat schon gern Kaugummi unter den Sohlen?« lautete der letzte Satz des Nachrufs, und er wurde bald zum geflügelten Wort. Na gut, eigentlich war es der vorletzte Satz gewesen. Den letzten hatte Frumsky gestrichen. Er lautete: »Wenn es Wrigley's mit Zimtgeschmack ist, ich schon.«

Das Problem

Liebermann, der Verteidigungsminister, hatte ein Problem. Er hatte immer ein Problem – und eigentlich hatte er immer mehrere Probleme gleichzeitig, und wenn er ausnahmsweise kein Problem hatte, was war das erst für ein Problem.

Was sagte eigentlich Liebermanns Frau Becky zu seinem Problem? Egal, was er täte, sagte sie, sie würde zu ihm stehen. So wie immer, sagte sie dann noch, und sie dachte an Liebermanns Sekretärin, die sie sogar schon mal ins Krankenhaus gefahren hatte, nach Liebermanns Amtseinweihungsparty, und da hatte ihr die Dame den ganzen Rücksitz vollgekotzt, und wenn Liebermanns Sekretärin im Urlaub war oder mit Liebermann übers Wochenende auf Mallorca Halligalli machte, goß sie ihre dämlichen Blumen, und Liebermann dachte im selben Moment auch an seine Sekretärin, und er hatte dabei – für sein Alter und für die Tageszeit – eine wirklich ganz anständige Erektion.

Und was sagten Liebermanns Eltern zu Liebermanns Problem? Sie sagten, er hätte gestern, im Fernsehen, mal wieder gar nicht gut ausgesehen während der Pressekonferenz, bei der es um sein Problem ging. Der Kanzler und der Außenminister hätten viel besser ausgesehen als er. Ein bißchen Sport, sagten sie, würde ihm nicht schaden, und wenn er Joggen langweilig fände, dann solle er sich doch zumindest die Haare färben wie der Kanzler – denn was einem Goj wie dem Kanzler steht, stehe ihrem Jungen schon lange. Außerdem, sie haben nicht ihr ganzes Leben dafür geschuftet, damit er jetzt über Nacht alles verliert, ist doch egal, ob die Pomoroys und Frau Lifschiz dann reden. Prima, dachte Liebermann, mit der Antwort kann ich wirklich was anfangen.

Zum Schluß, als er gar nicht mehr weiterwußte, rief Liebermann seinen alten Doktorvater in Tübingen an. »Das, mein Lieber«, knurrte Professor Müller-Torstau ins Telefon, »ist natürlich ein außerordentlich interessantes Problem. Ehrlich gesagt, es ist eins der interessantesten Probleme, von denen ich seit langem gehört habe. Werde nachschauen, ob ich bei Carl Schmitt was dazu finde, und Sie wieder anrufen. Oder soll ich gleich lieber bei Rosenberg nachschlagen?«

Armer, verzweifelter Liebermann! Irgendwann gab er dem öffentlichen Druck nach, und er widersprach auch nicht mehr dem Kanzler und dem Außenminister. Nach einer schlimmen, durchwachten Nacht willigte er endlich ein in die Lieferung von sechs »V 2«-Staffeln an den Irak, wegen der das irakische Kriegsministerium bereits am 2. Juni 1942 angefragt hatte, und er entschuldigte sich dafür, daß seine Beamten die Anfrage so lange liegengelassen hatten. »Aber schießen Sie damit bitte nicht auf London«, schloß Liebermann seinen Brief an die Leute in Bagdad, »sonst habe ich ein echtes Problem.«

Kohn

Shoshi liebte Kohn nur, wenn er nicht da war. Wenn er da war, eigentlich auch, aber sie zeigte es ihm nie, damit er sich bloß nichts darauf einbildete. Eines Tages ging Kohn zum Shoppen nach Mitte und kam nicht wieder. Zuerst war Shoshi ganz froh. Später dann auch. Aber als Kohn nach ein paar Tagen unrasiert, unausgeschlafen und mit einem wilden Blick in seinen semitischen Augen wieder auftauchte, war das noch sehr viel besser.

Mahnmal

Letzte Woche wurde Teitelbom erschlagen – und jetzt gibt's schon wieder Ärger mit dem Holocaustmahnmal.

Erschlagen wurde Teitelbom von einer dieser verdammten Holocaustmahnmalbetonstelen. Sie fiel mitten in der Nacht einfach so auf ihn drauf, während er und seine Cousine Ora aus Miami auf dem Mahnmalgelände halbnackt in einer ziemlich innigen Umarmung ihrer toten Verwandten gedachten.

Wer war schuld an Teitelboms Tod? Ein bißchen die verfluchte Betonstele, klar. Dann Teitelboms Frau Zipora, die ihn seit Jahren nur in ihr Bett ließ, wenn sie mal wieder ein Kind von ihm wollte. Vor allem aber der Führer – ohne ihn kein Holocaust, ohne Holocaust keine Vergangenheitsbewältigung, ohne Vergangenheitsbewältigung keine verdammte Holocaustmahnmalbetonstele.

Seit Teitelboms Tod ist das Gelände an der Behrenstraße natürlich gesperrt – und Deutschland diskutiert, wie es weitergehen soll. Jürgen Habermas schrieb in der »Zeit«, Teitelboms Tod beweise, daß unser Land ein Mahnmal für die ermordeten Juden Europas brauche, mehr denn je. Der Rechtsanwalt Ströbele erklärte bei der großen Teitelbom-Debatte im Bundestag, erstens sei er immer schon gegen das verdammte Holocaustmahnmal gewesen, und zweitens habe sich Teitelbom bestimmt absichtlich unter die fallende Betonstele gerollt.

Daniel Libeskind schlug vor, das Holocaustmahnmal in Teitelbom-Memory-Tower umzubenennen, und den

Entwurf dafür habe er übrigens auch schon gemacht. Und Franz Josef Wagner schloß in »Bild« den offenen Brief an Teitelboms Frau Zipora mit den Worten, er würde auch gern beim Sex sterben wie Teitelbom, aber dafür müßte er erst mal überhaupt wieder Sex haben, verdammt.

Heute abend wird der Fall Teitelbom bei »Christiansen« diskutiert. Titel: »Das verfluchte Holocaustmahnmal – brauchen wir es wirklich?« Eingeladen sind nur Gäste, die eine jüdische Großmutter nachweisen können oder einen jüdisch klingenden Nachnamen haben. In anderen Worten, es kommen Lea Rosh, Gregor Gysi und Katja Ebstein. Man kann sich jetzt schon denken, was sie erzählen werden: Rosh wird Werbeflächen für das Mahnmalgelände fordern, Gysi wird vor Frauen über dreißig warnen, und Ebstein wird sagen, sie habe echt keine Ahnung, was sie hier soll.

Und der Zentralrat der Juden in Deutschland? Der schweigt vielsagend zu der ganzen Angelegenheit. »Wir dürfen jetzt keinen Fehler machen«, hat Paul Spiegel gestern noch am Telefon zu Salomon Korn gesagt, »wenn alles nach Plan läuft, reißen sie es am Ende vielleicht doch wieder ab, dieses verdammte Holocaustding.«

Der Idiot

Farbstein, der Jeanshändler, hatte in seinem Leben drei große Einsichten gehabt. Die erste lautete: Eltern sind auch nur Menschen. Die zweite: Runde beim Herausgeben immer zu deinen Gunsten auf! Und die dritte: Kommt dir eine Frau entgegen, ist sie nur solange schön, bis du sie aus der Nähe siehst.

Mit den ersten beiden Einsichten konnte Farbstein auch praktisch sehr viel anfangen. Zum einen vermietete er seit Jahren seine Eltern ohne ihr Wissen als Gäste an Nachmittags-Talkshows – und wunderte sich jedesmal wieder, daß sie dort zwischen all den anderen Verrückten kaum auffielen. Nicht einmal ihre seltsame Angewohnheit, alle paar Minuten auszurufen, sie hätten gern trockene Kekse zum Tee, überraschte die Leute vom Fernsehen. Zum andern überwies Farbstein unter dem Namen Mojsche ben Meyer ben Farbstein ben Itzik ben Israel ben Farbstein jährlich an die Palästinensische Universität von Bir Zeit eine größere Spende. Das Geld kam natürlich immer zurück, es war sogar plötzlich doppelt soviel, und im Verwendungszweck stand auf Arabisch: »Wir scheißen auf deine Almosen, Itzik Farbenschwein!«

Nur Axiom Nummer drei blieb für Farbstein bis heute reine Theorie. Daß seine Frau Mascha ein halbes Jahr nach der Hochzeit ihre Mutter, den Vater, zwei Schwestern, ein hoffnungslos verstimmtes Klavier und dreitausend stockfleckige russische Bücher aus St. Petersburg nachkommen lassen würde, konnte keiner ahnen. Und wer sollte wissen, daß Mascha sich jeden Abend in der Küche mit der halben Münchener Russengemeinde betrinken und dabei laut die Couplets aus Gregor Piroszkis Operettenfassung der »Weisen von Zion« singen würde? Aber als sie das erste Mal miteinander schliefen und Farbstein zwischen Maschas Beinen statt eines kleinen süßen Kätzchens einen großen mächtigen Vogel ertastete, hätte er vielleicht doch nachfragen sollen, was das zu bedeuten hatte. Dann hätte er nämlich erfahren, daß Mascha eigentlich Mischa hieß, in den St. Petersburger Transvestitenkreisen eine wichtige Rolle gespielt hatte – und nicht einmal im Traum daran dachte, sich früher oder später umoperieren zu lassen.

Aber wahrscheinlich hätte auch dieses Wissen Farbstein nicht davon abgebracht, Mascha oder Mischa oder wie immer dieses herrliche russische Tier hieß, sein Leben vor die Füße zu legen. Farbstein war kein Idiot – aber ein Übermensch war er natürlich auch nicht.

Big Brother

Kuschner, der aus Sewastopol vor seinem Kompagnon und dessen Mafiaschlägern fliehen mußte, wurde der erste jüdische »Big Brother«-Kandidat. Keiner achtete wirklich auf ihn, bis zu dem Tag, an dem sie ihn beim Duschen zeigten. Drei Millionen Deutsche konnten es nicht fassen: Kuschners Ding war so winzig wie ein kleiner Zeh – und eine Vorhaut hatte es auch noch. So wurde Kuschner Liebling des Publikums, und sie machten ihn zum Sieger der Sendung. Niemand vergaß Kuschners »Big Brother«-Auftritt. Er ging in die Geschichte der deutschen Vergangenheitsbewältigung ein, genauso wie »Schindlers Liste«, der Streit um das Holocaustmahnmal oder die Walser-Bubis-Debatte.

Apokalypse

Grünberg war ein sehr religiöser Mann. Immer, wenn er verreiste, hinterließ er dem Messias eine Nachricht, wo er zu erreichen sei. Im Sommer vergangenen Jahres fuhr er mit seinem Kompagnon Lolek und dessen beiden ukrainischen Freundinnen nach Ibiza. Eines Nachts – Grünberg kippte gerade Lolek im Pacha eine Flasche Taittinger über den Kopf – brach der Dritte Weltkrieg aus, und alles Leben wurde innerhalb weniger Minuten ausgelöscht. Kurz darauf erschien der Messias – zu spät. Unverrichteter Dinge kehrte er wieder in seine Sphäre zurück. So erfuhren Grünberg und er nie voneinander.

Der Zaun

Am Tag nach seinem Auftritt bei »3 nach 9« beschloß Kohn, den Zaun zu bauen. Der Zaun sollte ganz um sein Haus herumgehen, von der Kastanienallee bis zum Zionskirchplatz, am Spielplatz der Rote-Beete-Kita entlang, haarscharf an den Fenstern des Pastors der Zionsgemeinde vorbei, aber mitten durch den Konferenzraum der Event-Agentur »Reichspartytag«.

Es würde Kontrollposten geben, Stacheldraht, einen Streifen aus feinem Eilatsand, um die Fußspuren von Eindringlingen zu erkennen, ein Newscenter mit Internetanschluß sowie einen koscheren Öko-Imbiß für die Zauntouristen. Den Imbiß würde sein alter Feind Harry Piss übernehmen, der schon vor zehn Jahren aufgehört hatte, für deutsche Zeitungen zu schreiben, und damals die letzte Sendung seiner TV-Literaturshow »Kafka Klub« mit den Worten abmoderierte: »Ich wollte euch doch nur erzählen, wie es auf Stawropols Toiletten riecht.«

Was er mit seinen Nachbarn machen würde, wußte Kohn auch schon. Solche, die ihm mal einen Löffel Olivenöl geliehen hatten oder gelegentlich an seiner Tür standen und verzückt ganze Seiten aus seinen Büchern deklamierten, würden natürlich Passierscheine bekommen. Die andern sollten selbst zusehen, wie sie an den halbwüchsigen israelischen Todesmaschinen vorbeikämen, die Kohn beim Siedlerrat von Hebron leasen wollte. Arztbesuche wären sicher kein Problem. Aber jeden Morgen ins Auswärtige Amt arbeiten gehen wollen oder in die Geschäftsstelle der Deutsch-Arabischen-Gesellschaft – Kohn war gespannt, wie sie das hinkriegen würden.

Er selbst wollte das Haus kaum noch verlassen. Er hatte hier alles, was er brauchte: Sämtliche Neil-Diamond-Platten, ein paar anständig gefälschte Chagalldrucke, einen angefangenen Familienroman, das Kochbuch von Paul Newman und das Epiliergerät seiner Ex-Ehefrau Shoshana. Die Verrückten auf Massada, dachte er, haben mit noch viel weniger durchgehalten.

Und warum hatte Kohn beschlossen, einen Zaun zwischen sich und die Deutschen zu setzen? Es war gestern abend fast schon am Ende der Sendung gewesen, als die blonde Moderatorin ihn plötzlich streng angesehen und gesagt hatte: »Ich habe gelesen, Herr Kohn, Sie gehen sonntags nie spazieren!«

»Ja«, hatte Kohn geantwortet, »Sie haben vollkommen recht. Ich gehe auch morgens nicht zum Bäcker, ich schlafe bei geschlossenem Fenster, ich dusche nicht kalt, ich kann Thomas Bernhard nicht ausstehen – und auch sonst weiß ich nicht, warum ich immer noch hier bin!«

Heute früh hat Kohn bereits mit ein paar Baufirmen telefoniert. Bis jetzt war ihm jedes Angebot zu teuer.

Hitler

Feilchenduft träumte, daß er im Mai 1924 von dem Mittagsschläfchen, das er in der Gestalt Adolf Hitlers auf der Festung Landsberg hielt, plötzlich aufwachte und sich in einen polnischen Wunderrabbi mit Bart, Pajes, Pelzhut und Goldkaftan verwandelt hatte. Da es in seiner Zelle keinen Spiegel gab, wurde er sich seiner Metamorphose nicht bewußt. Er setzte, frisch und ausgeruht, die Arbeit an »Mein Kampf« fort.

Gegen fünf Uhr nachmittags klopfte Rudolf Heß an der Tür, um sich vom Führer ein neues Kapitel des Werks diktieren zu lassen. Er sah den mit seinem Oberkörper rhythmisch vorwärts und rückwärts wippenden Zaddik verblüfft an und sagte: »Verzeihung, ich habe mich in der Tür geirrt.«

Einige Minuten später nahm Rudolf Heß seinen ganzen Mut zusammen und öffnete noch einmal die Tür. Der Wunderrabbi hatte sich in Feilchenduft verwandelt, der Heß fragte, ob er an einer Kollektion Damenunterwäsche interessiert sei.

Arafat

Der Unrasierte, der den toten Brik im Himmel mit einer Ohrfeige empfing, war eindeutig der tote Yassir Arafat. Brik schlug lieber nicht zurück. Ariel Sharon lebte noch, und wer sonst sollte ihm hier oben Feuerschutz geben?

Möllemann

Als Zempliner von seiner sterbenden Mutter erfuhr, daß der bekannte Vorsitzende der Deutsch-Arabischen-Gesellschaft, Jürgen W. Möllemann, sein unehelicher Halbbruder sei, dachte er: Und warum nicht gleich Ernst Jünger? Oder Osama Bin Laden? Oder Stefan Raab? Dann sagte die Mutter noch: »Und wasch dir immer die großen Zehen« und starb.

Zempliner dachte kurz darüber nach, was sie damit gemeint haben könnte. Wahrscheinlich nur, daß er sich immer die großen Zehen waschen sollte. Trotzdem hatte sie natürlich recht.

Schon am nächsten Tag informierte Zempliner alle wichtigen Redaktionen Deutschlands, daß er Möllemanns heimlicher Bruder sei. Zu dem Thema bot er auch wichtiges Fotomaterial an: Er selbst auf der Klagemauer, er selbst auf seiner Bar Mizwa, er selbst auf Jochi Weinstein.

Und das war dann auch schon das Ende der großen politischen Karriere von Jürgen W. Möllemann. Zwar gab er noch mit bebender Stimme eine Erklärung ab, die in dem Satz gipfelte: »Ich kenne diesen Juden überhaupt nicht!« Doch da war er längst selbst in den Augen der Deutschen zum Juden geworden.

Drei Jahre später – Zempliner wachte immer noch nachts schweißgebadet auf, wenn er mal wieder vergessen hatte, sich die großen Zehen zu waschen, Möllemann war inzwischen Vorsitzender der Jüdischen Gemeinde von Düsseldorf – begegneten sich die zwei Halbbrüder das allererste Mal. Es war auf Jochi Weinsteins Hochzeit mit Zempliners Jugendfreund Lenny, und Jochi hatte sie, aus Rache für die Sache mit den Fotos damals, an einen Tisch gesetzt. Doch als die beiden sich gegenseitig erkannten, fielen sie einander zum Erstaunen aller sofort um den Hals.

»Bist du mir noch böse, Jürgenleben?« schluchzte Zempliner vor Rührung.

»Aber nein«, schluchzte Möllemann, »wie kann ich meinem Bruder böse sein?«

Nachdem sie sich so eine Weile geherzt, geküßt und zärtliche Worte gesagt hatten, hielt Zempliner plötzlich inne. Er lehnte sich zurück und sagte zu Möllemann streng: »Und wann rasierst du dir endlich deinen schrecklichen Bundeswehrbart ab, du Goj?«

Möllemann erstarrte vor Schreck – und mit ihm der ganze Tisch. Aber dann begann Zempliner schallend zu lachen, und Möllemann – froh, daß es nur ein Witz war – lachte so laut wie noch nie zuvor in seinem Leben.

Bush

Polatschek, der Bundestagsabgeordnete, wußte selbst nicht mehr so genau, wie er in die Politik geraten war. Seine Eltern wollten immer, daß er das Geschäft übernimmt, und das wollte er eigentlich auch, aber leider hatten sie nie eins. Darum studierte er Medizin, und vielleicht war es Jura oder Atomphysik, das wußte er auch nicht mehr so genau, denn er war während des Studiums meistens nur im Dorian Gray oder hinter der scharfen Alice Grinzweig her. Die war es dann wahrscheinlich, wegen der er Politiker wurde. Als sie ihn – nachdem sie es in vier Jahren auf dreimal Heavy petting gebracht hatten und sonst nichts, aber wirklich gar nichts – als Alice ihn schließlich wegen Michel Friedman verließ, sagte sie: »Ich mag nur Männer, die Macht haben und lieben und, wenn überhaupt, dann nur in ihr Kissen weinen …«

Polatschek war nicht gern in der Politik. Er kannte keinen einzigen klugen Politiker, obwohl er auch sonst, ehrlich gesagt, keinen einzigen klugen Menschen kannte – außer Alice Grinzweig natürlich. Um sich trotzdem in seinem Beruf nicht zu langweilen, machte er von Zeit zu Zeit verrückte Sachen. Einmal hatte er Ajatollah Khamenei in einer E-Mail einen Gratisurlaub auf Spiekeroog angeboten, sie mit M. Bormann unterschrieben und sofort eine Antwort erhalten. Ein anderes Mal versprach er unter seinem eigenen Namen dem Jewish World Congress Dokumente, die bewiesen, daß praktisch alle osteuropäischen Juden von den Chasaren abstammten und deshalb keine Juden waren. Auf diesen Brief hatte er nie eine Reaktion bekommen.

Neulich, als der amerikanische Präsident in Berlin war, hatte Polatschek wieder eine tolle Idee. Kurz bevor der Präsident im Reichstag seine Rede hielt, stahl Polatschek unbemerkt sein Manuskript und schob ihm den Text unter, den er in der Nacht davor selbst geschrieben hatte. Würde der Präsident den Unterschied bemerken?, fragte sich Polatschek aufgeregt, während der Amerikaner langsam zum Pult ging. War er vielleicht doch klüger, als er aussah? In dem Moment fing der Präsident auch schon an zu sprechen, und spätestens an der Stelle, als er in fast akzentfreiem Deutsch ausrief: »Aber den Michel, den läßt du ran, Alice!«, ließ Polatschek den Kopf in die Hände sinken und begann – von den anderen sechshundert Bundestagsabgeordneten unbemerkt – zu schluchzen. Die hatten sich in dem Moment erhoben und spendeten dem Präsidenten lange und frenetisch Beifall.

Die Flut

Hirschbein, der Emigrant, saß auf seinem neuen Ikea-Regal und trieb langsam die Elbe hinunter. Er war gut gelaunt, denn kurz bevor eine riesige Flutwelle seine Wohnung in der Altstadt von Pirna durchströmt und ihn mit sich gerissen hatte, wollte seine Verlobte Olga mal wieder von ihm wissen, wann er sie verflucht nochmal endlich heiraten werde. Was mit Olga passiert war, wußte Hirschbein nicht. Er hatte es, nachdem die Wassermassen zuerst ihn aus dem Wohnzimmer herausgespült hatten, zwar noch geschafft, hinter sich schnell alle Fenster zuzuwerfen – aber ob sich seine Olga auf die Art tatsächlich stoppen ließe? Sie konnte doch auch mit den Zähnen Marmeladengläser öffnen, sie konnte mit bloßen Händen einen verstopften Abfluß reparieren, und früher in Gorki, wenn sein Moskwitsch nicht ansprang, nahm sie Hirschbein huckepack und trug ihn zur Arbeit.

Kurz vor Dresden – Hirschbein gab gerade einem NTV-Reporter ein Interview, der über ihm kopfüber von einem Helikopter herunterhing – holte Olga ihren Verlobten ein. Sie saß rittlings auf Hirschbeins Fernseher und paddelte mit Hirschbeins Gitarre, auf der er ab und zu in Frauenkleidern Alla-Pugatschowa-Lieder nachspielte. »Und, Hirschbein«, sagte sie, als sie ihn und sein Ikea-Regal erreicht hatte, »hast du's dir überlegt? Wollen wir heiraten?« Sofort richtete sich die NTV-Kamera auf sie, dann wieder auf ihn, und dann knallte Olga gegen einen Brückenpfeiler. Der NTV-Helikopter überflog die Brükke, die Kamera zoomte dicht auf Hirschbeins Gesicht, und als später halb Deutschland die Bilder sah und sich fragte, warum dieser moderne Romeo in einem so tragischen Moment derart unbeteiligt geschaut hatte, waren alle der Meinung, der Schock habe den armen Hirschbein überwältigt.

Und das war auch so, aber erst ein wenig später. Denn genau neben der Semperoper tauchte Olgas lädierter Kopf direkt vor Hirschbein wieder aus dem Wasser auf. »Jetzt sag schon, du Feigling«, sagte Olga, »ja oder nein?«

»Gib mir noch ein bißchen Bedenkzeit, mein Täubchen«, winselte Hirschbein, »es ist doch fürs ganze Leben.« Worauf sich Olga mit ihren Fingern an seinem Bücherregal festkrallte, und so trieben sie dann gemeinsam die Elbe hinab.

Autobiografie

Kein deutscher Fußballspieler war so unbeliebt wie Krojanker. Ja, genau, der Krojanker, der früher, als er noch in Gladbach war, im Fernstudium bei Habermas seinen Doktor mit einer Arbeit über Legitimationsprobleme im Spätzionismus gemacht hatte. Auch seine regelmäßigen Auftritte im Literarischen Quartett machten ihn in den deutschen Stadien nicht gerade populär, vor allem, weil er jedesmal am Ende der Sendung aufsprang und wütend Marcel Reich-Ranicki anschrie: »Sie mühen sich umsonst, Reb Reich, die wollen uns nicht, wann kapieren Sie das?!«

Spätestens, als Krojanker zusammen mit Philip Glass und Bob Dylan eine Klezmerrock-CD mit dem Titel »Gas me, jingele!« aufnahm, wurde er zum Haßobjekt der Fans. Damals war er schon bei Bayern, und die sind auf fremden Plätzen einiges gewöhnt. Aber Transparente wie »Krojanker, unsere Schuld währt nicht ewig!« oder »Der nächste Weltkrieg ist immer der schwerste!« waren sogar für die gepanzerten Seelen der Bayernprofis zuviel. So kam es zum legendären Pogrom von der Säbener Straße, das der von seinen Mitspielern angegriffene Krojanker nur überlebte, weil er bereit war, die kaputten Fensterscheiben im Büro des Managers selbst zu bezahlen, durch die er kurz vorher geflogen war.

Eine Weile spielte Krojanker noch in Wolfsburg. Daß sie ihn auch dort bald nicht mehr haben wollten, kann man verstehen. »Ich bin doch kein Zwangsarbeiter«, fuhr er den Trainer jedesmal an, wenn der ihn bat, etwas für seine Kondition zu tun. Und als Krojanker im Holocaustmuseum von Washington seinen Vortrag über den »Volkswagen, den wahren Motor der Schoa« hielt, hatten die Leute von VW endgültig genug von ihm.

Seitdem verliert sich Krojankers Spur als Fußballprofi. Er publiziert zwar regelmäßig in den Jahrbüchern der Moses-Mendelssohn-Stiftung, und letzten Herbst gab er einen Kurs in kreativem Schreiben am Literaturinstitut in Leipzig. Doch auf dem Rasen wird man ihn nie mehr sehen. Es gab zwar noch diesen kurzen Auftritt Krojankers in der saudiarabischen Liga. Aber er hätte sich eben nicht in Riad am Palast von König Fahd anketten sollen, aus Protest gegen die zwielichtige Rolle der Saudis im Nahost-Friedensprozeß. Krojanker, das weiß spätestens jetzt jeder Vereinspräsident auf der Welt, ist eine tickende Zeitbombe.

Im Moment schreibt Krojanker an seiner Autobiografie. Es ist ein Buch, dessen komplizierte, verdichtete Sprache von vornherein die Leser abstoßen wird. Auch die Fotografien von Krojanker bei Podiumsdiskussionen, Friedensmärschen und im Gespräch mit Leuten wie Eli Wiesel oder Noam Chomsky versprechen nicht gerade einen kommerziellen Erfolg. Und dann auch noch der Titel: »Ich bin euer moralischer Imperativ«. Wer, bitte, soll so etwas heutzutage kaufen?

Anachronismus

Anfang Mai letzten Jahres betrat Lubiner die Räume der Münchener Stadtsparkasse in der Barer Straße, um für seine Israelreise siebenhundert Euro in Travellerchecks umzutauschen. Als er wenige Minuten später wieder auf die Straße trat, schrieb man das Jahr 1941, und Lubiner hatte einen gelben Judenstern auf dem Sakko-Revers. Vor der Bank stand ein Lastwagen, auf den er von zwei SS-Männern geladen wurde. »Oj«, dachte Lubiner, als sie abfuhren, »Hana, mein Ketzele, wird sich Sorgen um mich machen. Ich hatte ihr doch gesagt, ich sei spätestens um eins zu Hause zum Mittagessen.«

Walser

Der Literaturkritiker Beerenbaum fragte sich oft, wie sein Leben ausgesehen hätte, wäre er als Frau auf die Welt gekommen. Fände er andere Bücher gut? Hätte er Orgasmusschwierigkeiten? Machte er sich nichts aus lackierten Zehennägeln?

Als er sich aber während eines Suhrkamp-Empfangs plötzlich in eine kleine scharfe Brünette verwandelte, bemerkte er zunächst nichts davon. Es dämmerte ihm erst etwas, als sich Martin Walser, der Beerenbaum seit den Tagen der Celan-Fellatio-Affäre ignorierte, jäh zu ihm herumdrehte und flüsterte: »Was sind denn das für zwei süße, große Dinger in deinem Kleidchen, Kleine?« Endgültig klar wurde Beerenbaum, was passiert war, als er merkte, wie sehr ihm dieses Kompliment schmeichelte – und weil er plötzlich wahnsinnige Lust bekam, den temperamentvollen Schriftsteller bei seinen wilden, grauen Koteletten zu packen und zu schreien: »Los, schneller! Schneller, du wilde deutsche Maschine!«

Genau das geschah dann auch zwei Stunden später in einem kleinen, billigen Hotel in der Moselstraße, wo die beiden nach dem Suhrkamp-Empfang landeten. Dort hatten sie sehr viel Spaß miteinander – bis zu dem Moment, als aus der kleinen scharfen Brünetten unter Walser plötzlich wieder der häßliche alte Literaturkritiker Beerenbaum wurde, mit dem er doch seit dreißig Jahren nicht mehr redete. Aber Walser ließ sich nicht irritieren. Er führte wie immer das zu Ende, was er angefangen hatte, und erst als er fertig war, begann er Beerenbaum anzubrüllen: »Hilfe! Verrat! Hinterhalt!«

Jetzt war es Beerenbaum, der ruhig blieb. Erstens, weil er dachte, er sei immer noch die kleine scharfe Brünette von vorhin. Und zweitens hatte ihm die Nummer mit Walser noch besser gefallen, als er gehofft hatte. Also berührte er den Schriftsteller erneut mit großem Erfolg an dessen empfindlichster Stelle, und erst unten an der Rezeption zerstritten sich die beiden wieder für dreißig Jahre, weil Beerenbaum darauf bestand, als Frau die Hotelrechnung nicht zahlen zu müssen.

Die Nummer

Einmal in der Woche hatte Kaminer Telefonsex. Immer samstags, wenn seine Frau Hadassa schon schlief und seine frühreife Tochter Esther-Joy aus war, schlich er in Esther-Joys Zimmer und wählte eine seiner vielen Lieblingsnummern. Das ganze ging solange gut, bis er eines nachts am anderen Ende der Leitung die Stimme seiner noch immer ledigen Tante Rima aus Wiesbaden wiedererkannte, die von den meisten Familienmitgliedern insgeheim »Jahwes schnurrbärtige Rache« genannt wurde. Dann kam auch noch Esther-Joy von ihrer Party viel zu früh nach Hause und öffnete in dem Moment die Tür zu ihrem Zimmer, als Kaminer – Tante hin oder her – gerade dabei war, zu kommen.

Zwar schaffte es Kaminer, Esther-Joy mit der Begründung zu beruhigen, er habe bloß nachsehen wollen, was das da unten für ein unangenehmer Pickel sei, der ihn den ganzen Tag gequält habe. Aber kaum lag er wieder neben seiner Frau Hadassa im Bett, ging seine Pechsträhne weiter. »Findest du nicht, Bubele«, sagte Hadassa, die eigentlich hätte längst schlafen sollen, »daß wir es schon viel zu lange nicht mehr gemacht haben?«

Der Moslem

Hersch war schon lange ein Moslem. Er fühlte es ganz deutlich. Wenn es in der Kantine Couscous gab, holte er sich meistens noch eine zweite Portion. Er hielt Zinédine Zidane für den größten Fußballspieler aller Zeiten und nicht, wie alle seine Verwandten und Freunde, Micki Goldstein von Makkabi Raanana. Und die verhüllte sechzehnjährige Tochter seines jordanischen Zeitschriftenhändlers hätte er auch sehr gern aufgeklärt.

Aber warum beschloß Hersch eines Tages, auch noch ganz offiziell Moslem zu werden? Nun ja, kurz vorher hatten Kämpfer der Imam-statt-Hamam-Gruppe ein Fotoshooting der italienischen »Vogue« in der Moschee von Mossul gesprengt und Naomi Campbell mit ihrer eigenen Nagelfeile enthauptet. Dann tauchte eine neue Videobotschaft von Osama Bin Laden auf – er hatte fünfzehn Kilo zugenommen, hinkte nicht mehr und saß komischerweise im Oval Office. Und als ein paar Stunden später die Hamas, die PLO und Arafats Schwiegermutter in Tel Aviv einmarschierten, dachte Hersch, es sei höchste Zeit, die Seiten zu wechseln.

Zum Glück wohnte Hersch sowieso schon in Kreuzberg. Sein jordanischer Zeitschriftenhändler schickte ihn zum Scheich um die Ecke. Der Scheich war genauso dick wie Herschs Onkel Bruce aus Miami, und er aß auch die ganze Zeit. Als Hersch ihm sagte, was er wollte, nahm der Scheich kurz die Gabel aus dem Mund und sagte: »Kein Problem.« Dann aß er weiter.

Hersch mußte nicht viel machen. Er mußte nur laut sagen, daß Allah einzigartig sei und daß er die Tochter seines jordanischen Zeitschriftenhändlers in Ruhe lassen werde, jedenfalls bis zur Hochzeit, und das war's dann.

»Mhhmgmmmpfft«, sagte der Scheich.

»Wie bitte?« sagte Hersch.

Der Scheich nahm die Gabel aus dem Mund. »Ich meinte, beschnitten bist du ja schon.«

»Ehrensache«, sagte Hersch.

»Und vergiß nicht, mal nach Mekka zu fahren.«

»Klar.«

»Und ab jetzt gibst du immer vier Prozent von deiner Kohle den Armen.«

Hersch nickte.

»Und immer schön beten.«

»Gut, mach' ich.«

»Und immer nur eine Frau zur selben Zeit.«

»Logisch.«

»Und an Ramadan keinen Quatsch mit dem Fasten machen.«

»Selbstverständlich.«

»Gut«, sagte der Scheich. »Gratuliere, du hast die richtige Wahl getroffen. Und jetzt laß mich weiteressen.«

Auf dem Weg nach Hause kaufte sich Hersch ein Kebab. Er haßte Kebab, weil er danach immer aufstoßen mußte, aber hier in der Gegend gab es nur das. Er nahm einen Biß und wartete, ob etwas passieren würde. Nichts, Allah sei dank. Aber dann, er wollte gerade noch mal abbeißen, rülpste er wie ein Wasserbüffel, und man hörte ihn bis nach Jericho.

Der Erfinder

Als Markisch, der Biorobotiker, nach dreiundzwanzig Jahren endlich herausgefunden hatte, wie man eine Maschine mit Herz und Seele konstruiert, war er noch unzufriedener als vorher. Wie, fragte er sich, kriege ich jetzt verdammt noch mal einen jüdischen Roboter hin? Und wird meine Tochter Liliy, wenn ich dann endlich fertig bin, nicht viel zu alt für ihn sein?

Verschwörung

Feigel war eine Weile schon nicht mehr der alte. Er schlief spät ein, wachte früh auf, und dazwischen träumte er, daß er und seine Prostata Hand in Hand am Strand von Rimini spazierengingen. Er vergaß sogar die Telefonnummer seiner Mutter, und als ihm einfiel, daß die Mama vor drei Jahren an einer Überdosis Abführmittel gestorben war, bekam er sofort selbst Durchfall.

Was machte Feigel so nervös? Er hatte ein Geheimnis, ein schreckliches Geheimnis. Es hatte etwas mit seiner Videokamera, Jenny Tarnopolsky und dem 11. September 2001 zu tun, und die Geschäftsreise, die Feigel damals nach New York gemacht hatte, spielte auch eine Rolle. Na gut, es war gar keine Geschäftsreise. Er war zuerst mit Jenny Tarnopolsky ein paar Tage auf Martha's Vineyard gewesen, wo sie mit Fesseln, Peitschen und diesem knallroten siebenarmigen Kautschukdildo experimentiert hatten, und später machten sie mit der Kamera in Jennys Appartment in Soho weiter.

Das ging so: Die Kamera lag auf dem Küchentisch, Jenny lag auf der Balkonbrüstung, Feigel lag auf Jenny – und hinter ihnen lag das World Trade Center. Sie machten es praktisch den ganzen 11. September lang, und wann immer sich Feigel später die künstlerisch äußerst wertvollen Aufnahmen anguckte, sah er bis auf sich selbst oder Jenny Tarnopolsky nichts und niemanden explodieren. Die Aufzeichnung endete laut Digitalanzeige um 19 Uhr 23, und um die Zeit standen die Türme des World Trade

Center immer noch so stramm da wie am Morgen sein Schmendrik.

Feigel wußte natürlich, daß er einer schrecklichen Verschwörung auf der Spur war. Der 11. September war, keine Frage, genauso inszeniert wie die Mondlandung, der Tod von Elvis und die Orgasmen seiner Frau Recha. Käme das heraus, wären die Folgen nicht auszudenken, und diese historische Verantwortung wollte Feigel nicht auf sich nehmen. Machte ihn das so nervös? Natürlich. Außerdem hätte er es gar nicht so gut gefunden, tagelang seinen auf- und abwippenden nackten Hintern auf CNN sehen zu müssen.

Manchmal, wenn ihm sein schreckliches Geheimnis besonders zu schaffen machte, fragte sich Feigel, warum die ganze Welt so tat, als gäbe es das World Trade Center nicht mehr. Er hatte keine Ahnung. Sie konnten es doch alle sehen, wenn sie nur genau hinschauten, die Amerikaner, die Araber, die Juden. Aber nein, sie stellten sich einfach dumm.

Der Test

Löbl arbeitete nach einem abgebrochenen Psychologie-Studium als Nachtportier in einem kleinen Hotel am Stachus und spielte mit dem Gedanken, bei sich selbst in Therapie zu gehen. Eines Nachts erschien ihm eine Fee. Sie hatte eine Hakennase, wulstige Lippen und sah sehr alt und hilfsbedürftig aus. Sie nahm aus ihrer Handtasche drei goldene Eier heraus und sagte auf Jiddisch: »Wieviel?«

Löbl, der sie für eine Wahnsinnige hielt, zog ratlos die Augenbrauen hoch und schwieg.

»Wieviel?« wiederholte die Fee ungeduldig ihre Frage.

»In Gottes Namen: drei.«

Die Fee schnippte mit dem Finger, und Löbl lag plötzlich mit einer fantastisch gebauten nackten Frau in einem Himmelbett. Er war jetzt ein geadelter jüdischer Bankier, der ein riesiges Finanzimperium regierte und in Israel eine Blindenstiftung unterhielt.

Ein halbes Jahr später stand die Fee mitten in einer wichtigen Sitzung wieder vor ihm. Sie holte die drei goldenen Eier aus ihrer Tasche und sagte: »Wieviel?«

Diesmal antwortete Löbl sofort: »Drei!«

»Für wie blöd hältst du mich eigentlich?« sagte die Fee. Sie schnippte mit dem Finger, und Löbl war wieder Portier in dem kleinen, stinkenden Hotel am Stachus.

Die Kannibalin

Goldenberg, der Junggeselle, versuchte alles, um eine Frau kennenzulernen. Er ging nackt in die Paris Bar, er ließ auf der Straße Geld fallen, und einmal hatte er absichtlich eine kleine Rothaarige auf der Mommsenstraße mit seinem Saab angefahren, nur um sie hinterher in der Klinik besuchen zu können. Doch kaum hatte er ihr Krankenzimmer betreten, verschied sie bei seinem Anblick.

Eine Zeitlang gab Goldenberg auch Kontaktanzeigen auf. Leider bekam er keine Antwort, und vielleicht lag das daran, daß er immer schrieb, am liebsten wäre ihm jemand wie Frau Levitan, die alte Freundin seiner Mutter. Einmal hatte er sich auf die Annonce einer »spielfreudigen Exotin« aus Neukölln gemeldet und drei Tage später von ihr und siebzehn anderen Damen, denen er gar nicht geschrieben hatte, eine Absage bekommen.

Zum Glück gab es neuerdings das Internet, und hier lief es für Goldenberg etwas besser. Andererseits fragte auch er sich manchmal, was er mit Frauen anfangen sollte, die sich von ihm grillen und aufessen lassen wollten oder ihn baten, sie im Keller nackt an den Füßen aufzuhängen und ihnen aus Kafkas »In der Strafkolonie« vorzulesen.

Wie froh war Goldenberg, als er eines Tages im Chatroom der Jewish Single League auf die süße Sarah-Donna Szpilker aus Mannheim stieß! Sarah-Donna war nicht nur eine große Romantikerin, sondern kannte auch Wörter wie Ehevertrag und Ejaculatio praecox. Außerdem war sie im Louis-Vuitton-Fanclub, und auf dem Foto, das sie Goldenberg mailte, sah sie genauso aus wie Frau Levitan in jungen Jahre, nur – gelobt sei der Herr! – noch pummeliger.

Leider merkte Goldenberg zu spät, daß Sarah-Donna auch nicht die Richtige war. Es war in der Hochzeitsnacht, als sie schon im Bett lagen. Plötzlich sagte Sarah-Donna zu Goldenberg in einem Ton, in dem Frau Levitan nur mit ihrem Dackel Artie redete, er soll sofort seinen Pyjama ausziehen und endlich anfangen, und vorher soll er sich verdammt nochmal die Zähne putzen, und wenn er schon dabei ist, soll er auch seine Zehennägel schneiden. Nachdem sie dann nach etwa acht Sekunden gekommen war, nahm sie sein Gesicht in ihre fleischigen Hände und flüsterte: »Ich hab' dich wirklich zum Fressen gern, mein Scheißerchen«, und als Goldenberg daraufhin anfing, vor Panik und Verzweiflung zu zittern, sagte sie noch zärtlicher: »Schau einer an, das Scheißerchen will ja schon wieder!«

Geld

Es war der dunkelste Sonntag seines Lebens, als Kalman weinend das Sparschwein seines achtjährigen Sohns Ejal-André aufbrach.

Der Samstag war aber auch nicht viel besser gewesen. Da kam seine Frau Vivi von der Freßgasse mit drei zerschnittenen Kreditkarten nach Hause, weil einer von diesen Internetgangstern alle ihre deutschen Konten leergeräumt hatte. Auch ein Anruf bei der Hotline der »Credite Suisse Juif Mais Non Arabe« besserte Kalmans Stimmung nicht. Die freundliche Dame vom Call-Center erklärte Kalman, Ephraim Kishon habe über Anwälte durchgesetzt, daß schwarzes jüdisches Geld in der Schweiz ab jetzt automatisch nur noch ihm gehörte. Dann imitierte sie das Geräusch von rasselnden Panzerketten, dann sang sie die israelische Nationalhymne, dann legte sie auf.

Also fuhr Kalman am Sonntagmorgen zu seinem besten Freund Siggi Adler, dem er seit zwanzig Jahren unter Protest sein Orientalistik-Studium finanzierte. Vielleicht würde der ihm etwas leihen. Aber Siggi empfing Kalman mit den Worten: »Du schuldest mir zwei Monatsraten, alter Junge, und mein Vater braucht neue Windeln.« Dabei fuchtelte er so dicht mit dem Finger vor Kalmans Nase, daß er niesen mußte. Auf dem Weg nach Hause hörte Kalman im Autoradio, daß zum ersten Mal in der Geschichte Deutschlands die Zahl der Arbeitslosen höher sei als die der Beschäftigten. Die zweite Meldung des Tages lautete, Bundeskanzler Flick habe wegen der Wirtschaftskrise beschlossen, gerade zurückgegebenes jüdisches Eigentum vielleicht doch lieber zu behalten. Danach sagte der Sprecher auch noch, das Holocaustmahnmal plus Grundstück sei an die Bin Ladens verkauft worden.

Nein, Kalman wachte nicht auf. Er wachte auch nicht auf, als er seine Eltern anrief, die letztes Jahr noch gemeint hatten, sie wollten ihm wegen der Erbschaftssteuer die Hälfte der Firma überschreiben, was er als liebender Sohn natürlich abgelehnt hatte. Jetzt taten sie so, als würden sie ihn nicht kennen. Als er stammelte: »Das verstehe ich nicht, das verstehe ich nicht«, sagte die Mutter: »Man kann nicht alles im Leben verstehen, mein Herr«. Dann imitierte sie das Geräusch von klimpernden Goldmünzen, dann sang sie den Pink-Floyd-Hit »Money«, dann legte sie kichernd auf.

Das Sparschwein von Ejal-André war natürlich leer. Kalman saß im Kinderzimmer auf dem Boden und weinte. Seine Tränen tropften im Takt des Pink-Floyd-Hits »Money« aufs Parkett, und dann kam Ejal-André herein und sagte: »Papa, du schuldest mir für drei Monate Miete. Ich schätze, du wirst ausziehen.«

Moral

Mitkins Mutter wollte Mitkin gar nicht. Sie war mit Mitkins Vater bei den Rosenzweigs, man trank Carmelwein und erzählte sich verrückte Sexgeschichten, und plötzlich lag sie mit Herrn Rosenzweig im Klavierzimmer. Eigentlich war es kein Klavierzimmer, und sie lag auch nicht dabei, aber Herr Rosenzweig spielte trotzdem sehr schön auf ihr. So wurde Mitkin gezeugt, doch das weiß er bis heute nicht, und Mitkins Vater, der nicht Mitkins Vater ist, weiß es auch nicht. Daß er in der gleichen Zeit mit Frau Rosenzweig die kleine dicke Norli Rosenzweig gemacht hat, weiß er schon eher.

Bereits im Kindergarten begann Mitkin, dunkle Geschäfte zu machen. Er versprach Norli Rosenzweig seinen Nachtisch, wenn sie ihn zwischen ihre Beine schauen lasse, aber hinterher aß er den Nachtisch trotzdem auf und sagte, jetzt könne sie ruhig mal zwischen seine Beine schauen. Oder er nahm heimlich Geld aus dem Portemonnaie von Frau Gurewitsch, seiner Lieblingserzieherin, an deren schwarzem russischen Schnurrbart er immer ziehen durfte. Mit dem Geld besorgte er an der Konstabler Wache falsches Gucciparfum, das er an Frau Gurewitsch teuer weiterverkaufte. Glücklich über den Preis, den Mitkin ihr machte, erlaubte sie ihm, sie in die große braune Warze zwischen ihren Brüsten zu zwicken.

Mitkin wußte schon früh, was richtig und was falsch ist. Das machte es ihm so leicht, andere über den Tisch zu ziehen. Zum Beispiel die Sache mit Dachau. Er war damals in der achten Klasse, und ausgerechnet an dem Wochenende, als sie mit Rabbi Berenstein ihren ersten großen KZ-Ausflug machen sollten, erwartete er an der Konstabler eine Ladung schwarzgebrannter Weird-Al-Jankowic-CDs. Es war ein Riesengeschäft, denn die halbe Gemeinde war scharf auf die Ware. »Rabbi«, sagte Mitkin zu Rabbi Berenstein, »ich kann nicht mitfahren, Holocaust hin oder her. Aber wir teilen uns auf jeden Fall den Gewinn.« Berenstein war einverstanden und erzählte jedem, der Mitkin mangelnden Respekt vor unserer Geschichte vorwarf, der kleine Mitkin sei im Gegenteil so feinfühlig, daß man ihm nicht einmal eine Stunde Dachau zumuten könne. Als er sich später bei Mitkin seinen Anteil abholen wollte, tat Mitkin so, als habe er ihn nie vorher gesehen. Plötzlich aber sagte er: »Wieviel ist es Ihnen wert, Rabbi, daß keiner erfährt, was für ein verdammter Heuchler Sie sind?« So verdoppelte Mitkin in wenigen Sekunden seinen Gewinn.

In der Gemeinde war Mitkin schon früh eine große Nummer – und das Idol der Jüngeren. Alle mochten die Schuppen auf seinem Mantelkragen, seine schlechten Tischmanieren, seine großen, blonden deutschen Freundinnen. Und als Mitkin mit seiner Immobilienfirma eines Tages heimlich die Westendsynagoge inklusive Abbruchgenehmigung an ein japanisches Möbelkonsortium verkauft hatte, klopften ihm alle anerkennend auf die Schulter und sagten: »Und jetzt also noch den Kindergarten, Mitkin, ja? Oder zuerst vielleicht doch das Altersheim?«

Um auch mal was anderes zu sehen als immer nur Juden, trat Mitkin bei den Grünen ein. Dort flog er allerdings gleich wieder raus, weil er bei seiner ersten Rede die Parteifrauen aufforderte, sich endlich die Achselhaare zu rasieren. »Oder wollt ihr ewig bei acht Prozent herumkriechen?« rief er ins Mikrofon, doch da war es schon ausgestellt. Bei der SPD erging es Mitkin nicht besser. Er hätte eben nicht in allen Interviews erklären sollen, es sei klar, warum der Kanzler öfter die Ehefrau wechsle, bei dem Material. In der CDU wollten sie ihn dann gar nicht mehr haben.

Und die FDP? Die war verrückt nach Mitkin. Es war ein gewisser Suleiman Abdel-Hitler, früher Import-Export in Düsseldorf und noch früher Baath-Partei, Bagdad, der Mitkin im Auftrag des Vorstands auf der Damentoilette von Mövenpick ein Angebot machte. Kein einziger Euro im Monat, dafür soviel illegale Parteispenden für den Eigengebrauch, wie er ranschaffen könne. »Sag ja, *chabibi*«, flüsterte Abdel-Hitler in Mitkins Ohr, während er gleichzeitig daran kaute, »und du bist bald berühmter als Ignatz Bubis!« Oder als Michel Friedman, dachte Mitkin, und rannte davon.

War das der Tag, an dem Mitkin ein besserer Mensch wurde? Nein – denn er wurde kein besserer Mensch. Auf dem Weg von Mövenpick nach Hause machte er im Roten Handtuch an der Konstabler halt. Dort ließ er sich ein bißchen von Sweta aus Kiew verprügeln, und als sie ihr Geld haben wollte, schüttelte er grinsend den Kopf und sagte: »Ach komm, Kleine, dir hat es doch auch Spaß gemacht.« Sweta rief schnell Neger-Schorsch und Ferrari-Kalle, und die nahmen sich Mitkin auch noch mal vor. Während sie mit ihm eine Art menschliches Pingpong spielten, grinste er weiter, und beim Hinausgehen murmelte er selig: »Bucht es von meinem Konto ab, *boys*. Dasselbe Honorar wie immer.«

Zu Hause wartete Norli Rosenzweig auf Mitkin. Ja, genau die. Sie war immer noch dick – und jetzt seine Frau. Er wußte selbst nicht, wie das passieren konnte, und manchmal stellte er sich vor, wie er und Norli zusammen in Auschwitz aus dem Zug stiegen, und Mengele sagte: »Ihr beiden könnt ja noch prima arbeiten, nach links mit euch!« Worauf Mitkin krächzte: »Ich nicht, Herr Doktor, ich bin schon ganz schwach. Darf ich bitte nach rechts?«

Im Bett ging Mitkin noch schnell die Post durch. Norli lag neben ihm, und sie war so schwer, daß er sich mit einer Hand am Nachttisch festhalten mußte, um nicht zu ihr hinunterzurollen. Die meisten Briefe waren wie immer Bettelbriefe, aber weil er sich heute abend mit Sweta, Neger-Schorsch und Ferrari-Kalle so gut amüsiert hatte, beschloß Mitkin, daß diesmal jeder etwas bekommen sollte. Das Moses-Mendelssohn-Centrum in Potsdam brauchte noch einen Swimmingpool; das Jüdische Museum plante einen Anbau mit den Wachsfiguren berühmter Deutscher, die angeblich eine jüdische Großmutter hatten; und der Militärgouverneur von Gaza fragte an, wieviele Gummigeschosse und Tränengasgranaten er Mitkin dieses Jahr auf die Rechnung setzen dürfe. Alles in allem lauter vernünftige Anliegen, dachte Mitkin, aber wer spendet mir einmal etwas? Dann löschte er das Licht und rollte langsam zu Norli herunter.

Kaum war er bei ihr angekommen, legte sie ihr Bein und ihren Arm auf ihn. Trotz der Taubheit, die er Sekunden später in den Gliedern spürte, blieb Mitkin so liegen. Es war schön, die Nähe einer Frau zu fühlen, die ihn nicht ausstehen konnte und ihm trotzdem drei Kinder geschenkt hatte. Und daß sie von ihrem Vater bald halb Bockenheim erben sollte, machte sie ihm auch sehr sympathisch.

Kurz bevor Mitkin einschlief, fing Norli an zu schnarchen. Macht nichts, mein Liebling, dachte Mitkin, macht gar nichts, und während er langsam in den Schlaf hinüberdämmerte, dachte er, wie schön doch das Leben war. Dann drehte sich Norli plötzlich um und begrub ihn unter sich.

Der Doppelgänger

Poznanski war nicht der einzige Doppelgänger, den das Kanzleramt beschäftigte – aber er war der beste. Darum mußte er immer in den Bundestag und dort von der Regierungsbank aus müde durch die Gegend schauen. Man ließ ihn oft Kabinettsrunden zusammenschreien und Staatsgästen aus der Dritten und Vierten Welt, aus dem ehemaligen Ostblock sowie Israel Vorträge über die Vorzüge der Demokratie halten. Und in den Urlaub mit der Ehefrau des Kanzlers schickten sie ihn auch ständig.

Einmal durfte Poznanski sogar zu einem G-8-Gipfel. Er hatte dort eine wirklich gute Zeit, denn es gab viel zu essen und zu trinken. Die Dolmetscher übersetzten lauter verrücktes, lustiges Zeug, und die Abschlußerklärung unterschrieb Poznanski mit diesem Kugelschreiber aus dem Scherzartikelladen, dessen Tinte sich nach zwei Tagen in nichts auflöste.

Den größten Spaß hatte Poznanski aber, wenn er einmal im Jahr, am Buchwelttag, echte Schriftsteller ins Kanzleramt einladen durfte. Sie umschwirrten ihn wie afghanische Kinder einen dänischen Rotkreuzhelfer, sie schoben ihm Zettel mit ihren Telefonnummern in die Jackettaschen, und in unbeobachteten Momenten küßten sie ihn in den Nacken. Wenn sie dann zur Krönung des Abends aus ihren gelehrten, weltfremden Texten lasen, blickten sie in einem fort nervös zu ihm auf, und es war nur sein gütiges, väterliches Lächeln, das ihnen die Kraft gab, weiterzumachen.

In Augenblicken wie diesen fragte sich Poznanski oft, wofür der Kanzler überhaupt einen Doppelgänger wie ihn brauchte. Wovor schützte er sich eigentlich? Das Leben eines Politikers war doch wirklich schön – besonders dann, wenn es so brutal mit der Wirklichkeit zusammentraf.

Weihnachten

Warum mußte Boltansky ein Doppelleben führen? Warum nicht! Wenn er bei seiner Frau Bronja war, dachte er an seine Freundin Gisela, und wenn er bei Gisela war, dachte er auch an Gisela.

Bei Gisela fand Boltansky, was er bei Bronja nie gesucht hätte: Ruhe, Verständnis und eine fehlerfreie Syntax. Gisela widersprach Boltansky nicht, sie überging seine Launen, und sie stellte keine Forderungen. Gut, manchmal fand er sie fast schon ein wenig zu ausgeglichen und kühl. Ab und zu konnte es sogar passieren, daß er morgens neben ihr aufwachte, und dort, wo sie liegen sollte, war nur ein großer Eiszapfen.

»Was ist mit dir, Gisela?« sagte Boltansky dann, worauf der Eiszapfen mit der Stimme von Gisela erwiderte: »Ach, gar nichts, Schatz. Wahrscheinlich nur ein kleines Stimmungstief oder eine Erkältung. Muß ein paar Runden im Englischen Garten drehen und kalt duschen, dann bin ich wieder die Alte.«

»Gisela, draußen schneit's.«

»Toll.«

»Und es sind minus zehn Grad.«

»Du bist süß, Schatz. Na gut, dann zieh' ich mir eben eine lange Jogginghose an.«

Nur an Weihnachten wurde die gleichmütige Gisela sentimental und fordernd. Doch Boltansky hatte bis jetzt immer Glück gehabt und konnte Giselas festlichen Einladungen entkommen: Einmal fiel Chanukkah genau auf

Heiligabend. Im Jahr darauf hatte ihn Gisela schon überredet, mit ihr vor der Mitternachtsmesse eine Mischung aus Kreuzigung und unbefleckter Empfängnis durchzuspielen – aber dann mußte plötzlich die jammernde Bronja mit einem Abszeß an ihrem Hintern in die Klinik. Und letztes Jahr beschloß Gisela, endlich mal wieder zu ihren Eltern nach Bergisch-Gladbach zu fahren, mit denen sie seit 1987 nicht mehr redete. Dort angekommen, stellte sie fest, daß die seit 1992 und 1997 gar nicht mehr lebten.

Diesmal halfen Boltansky keine Wunder und keine Ausreden. Da saß er nun mit Gisela in ihrem Einzimmerapartment in Giesing, draußen war es so dunkel wie in der Seele von Adolf Eichmann und drinnen flackerten kleine bunte Lichter an einem kleinen grünen Weihnachtsbaum. Gisela schenkte Boltansky ein ABC der Ritualmordlügen, Mazzekekse von Ossem und eine Klezmer-CD. Er schenkte ihr zweihundert Euro.

Dann machte Gisela Musik an, und sie hörten Lieder, die so klangen, als wolle der Chor, der sie sang, kollektiven Selbstmord begehen. Dann weinte Gisela. Dann machten Boltansky und sie es auf dem Boden unter dem Weihnachtsbaum. Dann weinte Gisela wieder. Dann machten sie es nochmal, und sie fragte ihn das erste Mal überhaupt, wann er endlich seine Frau verlassen werde. Dann dachte Boltansky das erste Mal überhaupt in Giselas Gegenwart an Bronja. Und dann stand er auf, verabschiedete sich und ging für immer zu Bronja zurück.

Papa

Wie gern hätte Shoshi mit Kohn Tisch, Bett und vor allem Konto geteilt. Leider erinnerte er sie zu sehr an ihren Vater.

Kohn saß wie Papa stundenlang auf der Toilette, las Zeitung und rief ab und zu mit gepreßter, glücklicher Stimme: »Jetzt, jetzt, jetzt!« Er weinte wie Papa, wenn im Fernsehen ein antiisraelischer Bericht kam oder »Der Kaufmann von Venedig«. Beim Küssen grunzte er auch wie ein verrücktes Rhinozeros. Er war genauso beleidigt wie der Alte, wenn Shoshi nachts nicht nach Hause kam und am nächsten Morgen in einem fremden Männerhemd wieder auftauchte. Und wollte er etwas von ihr, was sie garantiert nicht wollte, hörte er trotzdem nicht auf, es zu wollen, und das kannte sie sonst echt nur von Papa.

Konnte Shoshi mit so einem Mann den Rest ihres Lebens verbringen? Nur mit einem wie ihm. Trotzdem wehrte sie sich, und das machte sie in Kohns Augen dreimal so aufregend. Was hatte er nicht schon alles versucht, um sie endgültig herumzukriegen! Eigentlich gar nichts. Er baute sie bloß ständig in seine Romane, Geschichten und Theaterstücke ein, weil ihm sowieso meist nichts anderes einfiel, und wenn er Shoshi die Shoshi-Passagen vorlas, wurden seine Augen feucht vor Rührung über sein eigenes Talent, und seine Stimme wurde ganz zittrig. Danach wollte Shoshi zwar noch immer nicht bei ihm einziehen, aber zumindest hatten sie in der nächsten Viertelstunde zusammen ein paar schöne Orgasmen. Um genau zu sein, Kohn hatte keinen, Shoshi sieben.

Vor ein paar Tagen haben Shoshi und Kohn mal wieder über Shoshis Vater-Problem geredet.

»Ich habe kein Vater-Problem«, sagte Shoshi. »Ich habe ein Kohn-Problem, verstehst du?«

»Nein, das verstehe ich nicht«, log Kohn und wollte gar nicht mehr weiterreden.

»Willst du nicht mehr weiterreden?« sagte Shoshi.

»Doch, natürlich.«

»Vielleicht fangen wir mit den kleinen Sachen an«, sagte Shoshi, »und du hörst auf, beim Küssen wie ein verrücktes Rhinozeros zu grunzen.«

»Was, ich grunze?«

»Ja, mein Dudschik, leider.«

Er küßte sie still und sanft, und es war ihr bester Kuß seit langem. Dann sagte er: »Wo ist eigentlich der neue ›Spiegel‹? Schnell, ich muß kacken!«

Der Idealist

Als Rosen, der GI, vor ein paar Jahren betrunken über den Münchener Odeonsplatz wankte, sah er plötzlich, wie aus einer Weinstube hinter der Feldherrnhalle mehrere uniformierte SA-Leute herauskamen und Hakenkreuzfahnen schwenkten. Dann sah er einen orthodoxen Juden, über den die Nazis herfielen, und zwei Schupos in grauen Mänteln, die von weitem teilnahmslos die Szene beobachteten. Kurz darauf sah er Scheinwerferlichter, Kameras und den Regisseur Marvin Chomsky, der mit der Fernsehserie »Holocaust« vor Jahren Weltruhm erlangt hatte. Aber da war es schon zu spät, denn Rosen hatte längst seinen Revolver entsichert und mit mehreren Schüssen die SA-Leute niedergestreckt. Dank konnte er dafür von niemandem erwarten, schon gar nicht von Wittborn, dem jungen deutschen Schauspieler, der gerade in der Rolle des Juden seinen ersten Drehtag hatte. Rosen wurde festgenommen und der amerikanischen Militärpolizei übergeben. Sein weiteres Schicksal ist nicht bekannt, und man weiß nur, daß Marvin Chomsky es von nun an vermied, seine so oft im Nazi-Deutschland spielenden Filme an Originalschauplätzen zu drehen. »Der Fall Rosen«, erklärte er in einem Interview mit leiser Stimme, »gab mir wirklich zu denken.«

Der Verleger

Seit über zwanzig Jahren bekam der große Kalischer von seinem deutschen Verleger Monat für Monat eine schöne, runde Summe überwiesen. Immer im Herbst gingen sie zusammen essen, und zum Schluß wollte der Verleger jedesmal wissen, wann er endlich mit Kalischers neuem Roman rechnen dürfe. Kalischer schaffte es meistens, gar nicht zu antworten. Wollte er aber aus Höflichkeit nicht schweigen, sagte er: »Bald, sehr bald.« Das genügte.

Als einmal Kalischers monatliche Rate nicht kam und er sich bei der Sekretärin des Verlegers beschwerte, brachte noch am selben Tag ein Bote das Geld in bar. Der Verleger hatte einen langen Entschuldigungsbrief dazugelegt und das Buch eines israelischen Fotografen, der nur gefesselte nackte Riesenblondinen fotografierte. Die Widmung des Verlegers lautete: »Wer bin ich, Ihnen Fesseln anzulegen, mein Lieber?«

Eines Tages erschien in der »Zeit« eine Abrechnung mit Kalischers jahrzehntelangem Schweigen. Man warf ihm vor, er mache sich wichtig, indem er sich dem Publikum verweigere. Kalischer war über die schöne Publicity froh, fand den Artikel aber natürlich versteckt antisemitisch. Zwei Wochen später druckte die »Zeit« eine Gegendarstellung des Verlegers. Er schrieb unter anderem, ein Jude, der schweigt, sei ihm immer noch lieber als gar keiner. Das fand Kalischer wiederum offen philosemitisch, aber er rief trotzdem den Verleger sofort an und bedankte sich bei ihm überschwenglich.

Als Kalischer starb, fand der Verleger in seinem Schreibtisch ein Manuskript von dreitausend Seiten. Es war der schlechteste Roman, den er jemals in den Händen gehalten hatte. Es ging um eine Gruppe jüdischer Zirkuszwerge, die sich gegen ihren Direktor auflehnen, weil sie nicht mehr als menschliche Kanonenkugeln auftreten wollen. Sie übernehmen den Zirkus und gehen nach Berlin, wo sie einen so großen Erfolg haben, daß man ihnen bald anbietet, das Jüdische Museum zu leiten. Kaum sind sie im Amt, werden sie aber wieder verjagt, weil sie der Geschichte jüdischer Zwerge zuviel Platz einräumen. Die zweite Hälfte des Romans besteht aus einem Monolog, in dem einer der Zwerge seine jüdische Herkunft verflucht.

Der Verleger beschloß trotzdem, den Roman herauszubringen – und er wurde sofort ein Klassiker. Hunderttausende Exemplare von »Little Jewellery« verkauften sich allein in Deutschland, und im Ausland wurde Kalischers letztes Buch ebenfalls ein riesiger Erfolg, besonders in Syrien und Saudi-Arabien. Ach, diese Juden, dachte der Verleger anerkennend, nachdem er dann auch noch die Filmrechte an Veit Harlans Enkel Kuno verkauft hatte, sie können sogar aus Scheiße Gold machen.

2010

Wer erinnert sich eigentlich noch an Schlonsky, den großen Sozialdemokraten? Als Minister für Tourismus, Cunnilingus und Vergangenheitsbewältigung hatte er immer einen guten Draht zum Kanzler, und wenn man so will, haben die beiden im Alleingang Deutschland gerettet.

Ohne Schlonsky hätte der Kanzler nie den Mut aufgebracht, deutsche Rentner nach Polen zu deportieren, wo sie als Zwangsarbeiter in den Werften von Danzig und Posen ganz schnell ihre überhöhten Pensionsansprüche vergaßen. Von Schlonsky stammte auch die Idee, Krankheiten und Seuchen gesetzlich zu verbieten. Wer trotzdem Schwäche zeigte, wurde nach Polen ausgewiesen. Auf die Art konnten über Nacht alle Krankenkassen abgeschafft werden, und weil Schlonsky und der Kanzler schon mal dabei waren, verboten sie auch noch die Arbeitslosigkeit, Haare auf dem Rücken, zu lange Arbeitsessen im Borchardt sowie multiple weibliche Orgasmen bei Ehefrauen. Wer zuwiderhandelte, landete in Polen.

Schlonsky und der Kanzler nannten ihre Revolution von oben Agenda 2010. Natürlich hatten sie es mit dem einen oder anderen Kritiker zu tun, aber die sitzen jetzt alle im Warschauer Hilton und trinken dünnes polnisches Bier. Ihnen leisten noch ein paar andere Überflüssige Gesellschaft, die Schlonsky und der Kanzler uns bei der Gelegenheit vom Hals geschafft haben: alle persischen und pakistanischen Taxifahrer, die Jungs von »Störkraft« und

»Mehrdreck«, deren Deutsch noch schlechter ist als das von Schlonskys polnischer Putzfrau, und nicht zu vergessen Lea Rosh, nachdem sie in einem »Aspekte«-Interview gesagt hatte: »Wieso hat Pinneberg eigentlich noch kein Holocaustmahnmal?«

Das alles ist schon viele Jahre her. Der Kanzler und Schlonsky haben sich dann ja bekanntlich völlig zerstritten, als es um die Sache mit den Friedenstruppen ging. Der Kanzler wollte unbedingt deutsche Soldaten in Nordisrael stationieren, Schlonsky bevorzugte die polnische Lösung. Der Streit eskalierte auf der Toilette des Bundestags, und es war Schlonsky, der den Bogen überspannt hatte. Er sagte mit Blick auf den Penis des Kanzlers: »Keinen Wilhelm in der Hose, aber Kaiser spielen, soso.«

Wo ist Schlonsky heute? Keiner weiß es. Im Moment geht es Deutschland gut, und der Kanzler muß nicht mehr tun, als alle paar Monate zu erklären, bald ginge es uns noch besser. Aber wehe, wenn die nächste große Krise kommt. Dann werden sie alle nach Schlonsky rufen, der Kanzler am lautesten. Hoffentlich ist Schlonsky dann noch zu haben. Es gibt nämlich Gerüchte, schlimme Gerüchte. Angeblich berät Schlonsky seit ein paar Monaten heimlich den Ministerpräsidenten eines unserer Nachbarstaaten. Es ist kein großes, aber auch kein kleines Land, und Ehefrauen dürfen dort so oft kommen, wie sie wollen.

Gottesbeweis

Vor dem Einschlafen dachte Posner, der Philosophiestudent, noch lange darüber nach, ob es Gott gibt oder nicht. Es dauerte mehr als eine Stunde, bis er schlief. In dieser Nacht träumte Posner, daß eine üppige Rothaarige, die seiner Cousine Jaffa ähnlich sah, sich an ihn heranmachte. Sie trug einen schwarzen Mantel aus Lederimitat und hatte herrliche, dunkelrot geschminkte Lippen. Nach einem Kinobesuch, einem nächtlichen Spaziergang im Englischen Garten und einem Drink in einer Stehbar am Hauptbahnhof waren sie sich schnell einig. Als Posner am nächsten Morgen von dem Traum aufwachte und duschen wollte, bemerkte er an seinem Schmendrik rote Lippenstiftreste. Ist dies nun der Gottesbeweis?, fragte er sich.

Telepathie

Leider konnte Abramowicz Gedanken lesen. Wenn seine Frau Miri sagte, sie habe nichts gegen seine Freunde, wußte er genau, daß sie log – nicht nur, weil sie dabei ein Gesicht machte wie er beim Proktologen. Wenn seine Freundin Sigurd meinte, sie wisse auch nicht, warum sie plötzlich im vierten Monat schwanger sei, spürte er irgendwie, daß sie es natürlich doch wußte. Und wenn Silvia aus dem Leierkasten sagte, für die Nummer mit der Gasmaske und der litauischen Talmudübersetzung müsse er dazuzahlen, war ihm klar, daß sie das wirklich so meinte.

Abramowicz konnte aber auch in die Gehirne von Politikern und Prominenten hineinsehen. Als neulich der Außenminister einen Tisch weiter neben ihm im Isoletta saß, gedünstete Bohnen ohne alles aß und mit stillem Wasser herunterspülte, hörte Abramowicz ihn innerlich nach Pasta, Rotwein und Creme caramel schreien. Beim Rausgehen fiel dem Außenminister ein, daß er gar nicht bezahlt hatte, und er bekam sofort bessere Laune davon, aber dann holte ihn der Kellner doch noch ein. Während er ihm das Geld gab, beschloß der Minister, die Rechnung beim Finanzamt einzureichen. »Bewirtete Personen«, dachte er triumphierend, »ich und meine Mutter. Anlaß der Bewirtung: Einfach nur mal wieder mit Mama reden.«

Letzten Monat war der Außenminister im Nahen Osten, um Frieden zu stiften. Zuerst sah Abramowicz ihn in der Tagesschau mit dem israelischen Premier. Der

Außenminister schaute so ernst wie eine Eule, und während er dem kräftigen Israeli die Hand schüttelte, dachte er: »Gott, so dick war ich auch mal.« Dann gab es eine Pressekonferenz mit dem PLO-Chef. Der murmelte etwas in die Mikrofone der Weltpresse, und der Außenminister schob dabei im Kopf die Möbel in seiner Wohnung herum und zählte die Mikrofone der Weltpresse.

Am Ende der Reise wurde der Außenminister auf dem Flughafen in Berlin interviewt. Er sagte, daß die Israelis und die Palästinenser wie wilde Tiere seien und er echt keine Lust mehr habe, mit ihnen seine Zeit zu vergeuden, und Abramowicz fand es gut, daß er endlich mal das sagte, was er wirklich dachte. Am nächsten Tag hat sich der Außenminister leider bei allen entschuldigt.

Vor kurzem war Henry Kissinger im Fernsehen. Bevor er etwas denken konnte, schaltete Abramowicz ganz schnell um.

Der Dibbuk

Perlmut, der Dibbuk, hatte bis zu seinem gewaltsamen Tod in Babi Jar die schlechteste Schneiderei von ganz Kiew. Jetzt machte er sich einen großen Spaß daraus, deutschen Israeltouristen im Schlaf als ausgemergelter KZ-Häftling, Edgar Bronfman oder manchmal auch als ein gigantisches vergammeltes Stück Gefilte Fisch zu erscheinen, um sie auf diese Weise so richtig schön zu erschrekken.

Dabei verliebte sich Perlmut eines Tages in die bezaubernde und gutdurchtrainierte Krankengymnastin Petra. Schicksal, dachte er mit einer Leichtigkeit, die ihn an sich selbst überraschte, und er beschloß, Petra nach Deutschland zu folgen. Dort setzte er alle seine Verführungskunst ein, indem er sich der Krankengymnastin mal als Ben Stiller, mal als Guy de Rothschild, mal als der sehr junge Peter Zadek offenbarte, immer nackt und immer nachts unter der Decke. Aber die schöne Petra zeigte absolut keinen Sinn für diese Erscheinungen, die sie als lästige Trugbilder ihrer sowieso schon übersteigerten sexuellen Phantasien abtat.

Darum blieb dem Dibbuk nichts anderes übrig, als die junge Frau und ihre kalte Heimat bald wieder zu verlassen. Es war auf seinem Rückflug ins Land der Väter, irgendwo über der Ägäis, als er nachdenklich an seinem transzendenten Astralleib hinuntersah und plötzlich begriff, warum es von Anfang an so schrecklich sinnlos war, Petra herumkriegen zu wollen. Wie konnte er es nur vergessen haben? Er hatte doch damals, 1940, im Kugelhagel der Wehrmacht-MGs, mit dem Leben auch seinen Körper verloren. »Du bist nur noch ein Geist, Perlmut«, sagte er beschwörend zu sich selbst, während er sich über Zypern in die Kurve legte, »und ein Dibbuk hat einfach keine Eier.«

Der Studienfreund

Nach dem Tod seines Vaters fuhr Lepinski nach Frankfurt, um die Beerdigung zu organisieren und Papas Haushalt aufzulösen. Die Wohnung war in einem guten Zustand, und Lepinski wunderte sich nur, warum sein Vater unter der Matratze eine Mahnung von Ronny's Elektroshop aus dem Jahr 1975, Handschellen und einen kleinen, silbernen Matchbox-Mercedes versteckte.

Lepinski setzte sich in den großen Fernsehsessel, zündete sich eine von Papas Zigarren an und erinnerte sich an früher. Das Telefon läutete, und ein älterer Mann fragte, mit wem er spreche.

»Ich bin Jossi Lepinski, der Sohn von Alfred Lepinski.«

»Ach, ich wußte gar nicht, daß Alfred einen Sohn hat. Wir waren, müssen Sie wissen, zusammen in Cambridge. Das war noch was«, sagte er und begann, Lepinski von der wilden Zeit zu erzählen, die er mit seinem Vater in Cambridge und später in Antwerpen verbracht hatte. Zwanzig Minuten unterhielten sie sich angeregt, dann fragte er, ob er mit Lepinskis Vater sprechen dürfte.

»Das wird leider nicht gehen«, sagte Lepinski. »Er ist am Wochenende gestorben.«

»Auch gut«, sagte der andere. »Eigentlich mochte ich ihn sowieso nicht.« Und legte auf.

Der Märtyrer

Das erste Mal begegnete Weintrojb, der Urologe, dem orthodoxen Knesseth-Abgeordneten Moshe Shapiro in der Frankfurter Uniklinik. Weintrojb hatte genug im »Jerusalem Report« und in der »Frankfurter Rundschau« über Shapiros religiöse Heuchelei und seinen überschäumenden Nationalismus gelesen, um diesem abstoßenden Sendboten des jüdischen Mittelalters mit seinem schuppigen Bart und den fettigen Pajes den Katheter besonders schmerzvoll in die Harnröhre zu jagen. Der fanatische Zionist Shapiro schrie laut auf und erkannte spätestens jetzt in Weintrojb einen von den eigenen Leuten, worauf er ihn sofort zum Schabbatessen ins Interconti einlud, wo er mit seiner Frau eine Suite bewohnte.

Hier sah Weintrojb den Politiker zum zweiten Mal. Er sah Shapiro beim rituellen Händewaschen, er sah ihn die Chala brechen, er sah, wie Shapiro von einem nichtjüdischen Hotelangestellten die Lichter und den Fernseher anmachen ließ, und er sah auch, wie Shapiro hinterher sofort sein Geld nachzählte.

Das dritte und letzte Mal erschien er Weintrojb auf dem Fernsehbildschirm, im Heute-Journal. Das war an dem Tag, als er in Hebron – umringt von mehreren dikken, bärtigen, mit MGs bewaffneten amerikanischen Juden – einen zweiten jüdischen Staat ausrief und ihn auf den Namen »Juda« taufte. Dann fielen Schüsse, Shapiro sank getroffen zu Boden, Dutzende von Palästinensern tanzten eine Art Hora auf ihm, und plötzlich bereute

Weintrojb, daß er damals den Penis des Abgeordneten so geschunden hatte. Zwar liebt Shapiro sein Volk nicht wirklich, dachte Weintrojb, aber zumindest stirbt er dafür. Und das auch noch vor den unbarmherzigen Augen und Kameras der hämischen Weltöffentlichkeit.

Der Vater

Zwei Monate nach dem Tod seines Vaters sah Policker den Alten wieder. Es war mitten in der Nacht, in seinem Schlafzimmer, und Policker wollte sich gerade von einer kräftigen polnischen Prostituierten ein bißchen versohlen lassen.

»Mann, Papa«, sagte Policker, »ist das der richtige Moment?«

Ohne ein Wort zu sagen, verschwand der fast durchsichtige, silberne Geist seines Vaters, und Policker hat ihn seitdem nie wieder gesehen.

Die Tochter

Nachts, bevor er schlafen ging, beugte sich Cantor immer über seine kleine Tochter Mara. Im Schlaf sah sie besonders zart und unschuldig aus und gar nicht wie ihre Mutter. Darum wünschte er sich in diesem Augenblick jedesmal, sie solle nie erwachsen werden.

Genau das passierte dann auch: Mara hörte mit fünf Jahren auf zu wachsen, und sie blieb bis zu Cantors Tod ein Kind. Auf dem Sterbebett bereute Cantor den Wunsch, der sich in einen Fluch verkehrt hatte. Aber kurz bevor er für immer die Augen zumachte, dachte er: So schlecht ist es auch wieder nicht gelaufen. Oder wer, ganz im Ernst, kann sonst sagen, daß sein Kind noch mit fünfzig zu ihm angelaufen kommt und sich in seine Arme wirft, um mit der Nase an seiner Nase zu rubbeln?

Der Onkel

Noch nie hatte Melamet, der Obsthändler, für eine gute Sache Geld gegeben. Die paar Euro, die ich abzweigen könnte, dachte er, wenn im Fernsehen ein undurchsichtiger Dritte-Welt-Spendenaufruf kam oder eine israelische Universität erpresserische Bettelbriefe verschickte, die paar Euro wären nur ein Tropfen auf den heißen Stein, mich würde ihr Verlust aber halb ruinieren. Und er dachte auch: Und wer spendet mir etwas?

Nur ein einziges Mal verstieß Melamet gegen sein eisernes Prinzip. Das war, als er vor Karstadt-Oberpollinger einen abgerissenen alten Mann sitzen sah, der eine große Ähnlichkeit mit seinem Onkel Dima aus Zfad hatte. Dima war Anfang der Neunziger aus St. Petersburg nach Israel gezogen und lebte seitdem, wie es in der Familie hieß, mehr von Wasser als Brot. Ohne den alten Mann anzusprechen, warf Melamet ihm einen großen Schein in den Hut und ging schnell weiter. Er war schon fast außer Sichtweite, als er plötzlich jemanden mit russischem Akzent seinen Namen rufen hörte. Ohne sich umzudrehen, rannte Melamet die Treppen zum Stachus-Untergeschoß hinunter. Sicher zu Hause angekommen, schwor er sich, in den nächsten paar Jahren einen großen Bogen um die Fußgängerzone zu machen.

Das Zeichen

Eines Tages, beim Frühstück, als der Junggeselle Heimann gerade dabei war, die Feuilletonseite der »Süddeutschen Zeitung« aufzuschlagen, flackerte kurz etwas vor seinem inneren Auge auf: Da war er, da war seine Geliebte Dinah, beide lagen sie im Bett, und sie versuchten miteinander zu schlafen, was aber nicht ging, weil Dinahs Vagina auf Erbsengröße zusammengeschrumpft war. Heilige Scheiße, dachte Heimann, als es vorbei war und er die Filmkritik seines Freundes Zeev Mayer zu lesen begann. War das eine Vision? Und wenn ja, ist sie metaphorisch zu verstehen oder konkret oder vielleicht irgendwie ganz anders? Er wußte es nicht, und daß er ein Jahr später Dinah heiratete, mit ihr zwei Töchter zeugte und den Rest des Lebens an ihrer Seite verbrachte, hatte tatsächlich mit dieser Vision zu tun gehabt. Wie, weiß aber nur der Allmächtige, der ihm das gutgemeinte Zeichen zu früh und zu undeutlich gab. Und sowieso hat Heimann die Erinnerung an diesen Morgen bald wieder verloren.

Der Feigling

Labansky liebte die Frauen, aber sie ihn nicht. Wenn ihm in der Straßenbahn eine gefiel, starrte er sie so lange an, bis sie anfing, ihren Mantel nach einem Fleck abzusuchen. Bei den WIZO- und Makkabi-Bällen im Bayerischen Hof tanzten sogar die beiden dicken Reich-Zwillinge lieber miteinander als mit Labansky. Und daß er seit Jahren ein Zimmer an junge Studentinnen und Krankenschwestern untervermietete, brachte ihn auch nicht wirklich weiter – kein Wunder, lag er doch praktisch jeden Abend nackt in ihrem Bett und tat so, als läse er den »Forwerts«. Als dann die kleine, heiße Sabine bei Labansky einzog, versuchte er es gar nicht erst bei ihr. Er stellte sie statt dessen seinem Freund Joni Füweni vor, der in diesen Dingen mehr Glück hatte, und bat ihn, ihm hinterher alles genau zu erzählen. »Zuerst wollte sie nicht, dann konnte ich nicht, dann konnte sie nicht«, sagte Joni am nächsten Morgen zu Labansky. »Und als wir endlich synchron liefen, haben wir nicht aufgepaßt. Jetzt kann ich wieder tagelang zittern, bis alle Testergebnisse da sind.« Wie aufregend, dachte Labansky mit einem leichten Schaudern. Er sah seitdem nie mehr eine Frau an, er gab bald die Sache mit dem Untervermieten auf, und irgendwann zog er zurück zu seiner Mutter.

Glücksrad

Feinstein, der Auschwitz-Überlebende, mußte zwei Jahre lang warten, bis er endlich in der Fernsehshow »Das Glücksrad« auftreten durfte. Darum war es ihm auch herzlich egal, als er kurz vor der Sendung in einem seiner Gegenspieler den Mann wiedererkannte, den sie im Lager Blut-Schmitt genannt hatten. Ich lasse mir von den Nazis doch nicht schon wieder den Spaß verderben, flüsterte Feinstein ein paarmal wütend vor sich hin. Beflügelt von seinem Trotz wußte er dann immer als erster die richtige Antwort.

Am Ende der Show hatte Feinstein alle Preise gewonnen, auch diesen riesigen Kristallglas-Aschenbecher, den er zum Abschied dem enttäuschten Blut-Schmitt schenkte. Blut-Schmitt dankte ihm – von der Klasse des Siegers überrascht – mit einem langen, festen Händedruck, und dem euphorischen Feinstein wurde erst zu Hause wieder bewußt, wen er da so großzügig beschenkt hatte.

Ich hätte, dachte Feinstein vor dem Einschlafen, diesem Mörder auch noch die Couchgarnitur, das Rosenthalservice und die Tischtennisplatte dazugeben sollen, wir haben doch sowieso keinen Platz für den ganzen Krempel.

Wer wird Millionär?

Und das war die Frage, die Berl bei »Wer wird Millionär?« das Genick brach: »Wie heißt der israelische Zollbeamte, der am Ben-Gurion-Flughafen deutsche Touristen immer bis auf die Unterhosen auszieht?«

Die Antworten, die Berl zur Auswahl hatte, machten ihn ratlos: »A – Samuel Rachstein. B – Itzik Totschlak. C – Dany Dovmann. D – Schlomo Elefantengedechtnis.« Also rief Berl seinen Vater in Haifa an, aber der begann sofort mit ihm zu streiten, weil Berl ihm neulich das falsche Abführmittel geschickt hatte. Nachdem Berl derart leichtsinnig seinen Telefon-Joker verschenkt hatte, wollte er auf Nummer Sicher gehen, und er fragte das Publikum. Doch die Zuschauer weigerten sich, für ihn zu antworten. Zum Glück hatte Berl noch den Fifty-Fifty-Joker. B und D blieben stehen, und weil der Name Schlomo Elefantengedechtnis wirklich total ausgedacht klang und Berls Vater nach dem Krieg von einem gewissen Mordechai Mordechajowitsch Kotschlak hundert russische Uhren ohne Minutenzeiger gekauft hatte, entschied Berl sich für B.

»B«, sagte er, »Itzik Totschlak.«

»Leider falsch«, sagte Günter Jauch.

»Also doch D – Schlomo Elefantengedechtnis?«

»Nein, auch nicht«, sagte Jauch.

»Das verstehe ich nicht«, sagte Berl.

»Was gibt es da nicht zu verstehen?« sagte Jauch. »Und jetzt raus hier. Raus, raus, raus!«

Viereinhalb Millionen Fernsehzuschauer verfolgten

mit angehaltenem Atem Berls Waterloo. Oder sollte man besser Dachau sagen? Nein, das wäre dann doch ein wenig übertrieben.

Uschi

Silber war nicht wie die anderen jüdischen Schriftsteller. Er mied Talkshows, in denen es um die ewige deutsche Schuld ging, er lehnte es ab, an Konferenzen über die Second generation teilzunehmen, und die zornigen Briefe seiner antisemitischen Leser warf er lachend in den Papierkorb. Als er aber eines Tages von »Abraham und Sara«, der bekannten Münchener Buchhandlung, eingeladen wurde, seinen neuen Roman »Ich scheiß auf Kohn« vorzustellen, sagte er zur eigenen Verwunderung sofort zu.

Sein Instinkt hatte ihn nicht getäuscht. Die große Blondine mit dem Schwimmerkreuz, die ihn während der Lesung keine Sekunde aus den Augen ließ, war niemand anders als seine unerfüllte Jugendliebe Uschi. Sie hatte ihm vor zwanzig Jahren bei seinen feurigen Reden über die Liebe und die Literatur zwar immer sehr konzentriert zugehört, hatte Silber aber trotzdem kein einziges Mal erlaubt, daß er sie küßte, geschweige denn, daß er seinen Schlojmele zwischen ihren beiden großen Zehen rieb.

In dieser Nacht, in der sich Silber an Uschi für die Erniedrigung von damals rächen wollte, war dann alles fast wie früher. Er schaffte es zwar, Uschi ins Holiday Inn auf sein Zimmer zu lotsen, sie und sich dort praktisch zeitgleich auszuziehen und Uschi mit einem selbstausgedachten Judogriff auf sein Bett zu werfen – doch zu mehr kam es nicht.

»Mein Mann«, seufzte die riesenhafte Uschi mit dünner Mädchenstimme und verdrehte wirr die Augen, »mein Mann...«

Den Rest ihrer gemeinsamen Stunden verbrachte Silber damit, Uschi aus dem noch unveröffentlichten Manuskript von »Kohn scheißt sich nichts« vorzulesen, nackt und im Schneidersitz. Aber leider bekam er nicht einmal davon eine Erektion, auch nicht an der Stelle, wo Kohn seine Mutter dabei beobachtet, wie sie sich die Beine rasiert.

Seit dieser Nacht war Silber nicht mehr derselbe. Er schlug keine einzige öffentliche Einladung aus, er ging ins Fernsehen, hielt Vorträge an Universitäten und sogar beim Deutsch-Libyschen-Kulturverein, und wann immer er in einem von diesen hell erleuchteten, überheizten Sälen vor das nervöse Publikum trat, dachte er: Heute wird sie da sein, diese scharfe, verlogene, deutsche Schlampe, und heute wird sie mir bestimmt nicht widerstehen!

Literatur

Der Literaturkritiker Mintz empfand nichts als Verachtung für den Schriftsteller Pradelski. Lange bevor dessen neuer Roman erschien, wußte er, daß er ihn wie alle anderen Bücher Pradelskis verreißen würde. Dann aber mußte er bei einer fünf Tage dauernden, quälenden Lektüre von »Racheles Plätzchen« einsehen, daß dem Schriftsteller etwas Großes gelungen und er in Wahrheit schon immer ein Hammer von einem Autor war. Darum beschloß Mintz, in seiner Kritik den Roman erst recht in Staub und Asche zu verwandeln. Denn eine Lobrede auf »Racheles Plätzchen« hätte wie ein historisches Eingeständnis geklungen. Sie hätte das Gesamtwerk des »umgebeeteten Ghettokaktus Profiterolski« – wie Mintz den Rivalen oft ironisch nannte – rehabilitiert und Mintz selbst als alten Trottel entlarvt.

Noch mal fünf endlose, quälende Tage lang schrieb der Kritiker an seiner bis dahin wütendsten Abrechnung mit Pradelski, der – was nicht verschwiegen werden sollte – Mintzens flatterhafte Frau Flora vor vielen Jahren verführt, geschwängert und nach der Geburt des Babys sofort wieder verlassen hatte. Flora war natürlich zu Mintz zurückgekehrt, mit der kleinen, süßen Luna-Rachel im Arm, die sich später bei einer eher überflüssigen Nasenoperation in ihren persischen Schönheitschirurgen verlieben und damit beiden Familien eine Menge Kummer bereiten sollte. Das Ganze endete zum Glück damit, daß Luna-Rachel doch nicht Zarathustrianerin wurde und der Schönheitschirurg seitdem von allen seinen arabischen Patientinnen das doppelte Honorar verlangt, das er auch bekommt.

Um es kurz zu machen: Nachdem Mintz seinen zweifelhaften Text – Titel: »Profiterolskis Mätzchen« – endlich abgeschickt hatte, wankte er, berauscht und übernächtigt, auf die Toilette und sah dort wie immer beim Pinkeln in den Spiegel, der auf dem Spülkasten stand. Dabei stellte er fest, daß er sich, so ähnlich wie Jakob nach dem Kampf mit dem Engel, in Pradelski verwandelt hatte. Zur gleichen Zeit trat der Schriftsteller zu Hause aus der Dusche nackt vor den Spiegel, um zu erkennen, daß er zwar immer noch ziemlich rund um die Hüften war, dafür aber komplett die Gesichtszüge seines Erzfeindes Mintz angenommen hatte.

Keiner der beiden erschrak. Sie waren, als Literaten, weitaus Schlimmeres gewöhnt.

Büchnerpreis

Warum hat Klappisch eigentlich noch nicht den Büchnerpreis bekommen? Weil er Jude ist? Weil er immer mit den hübschesten Frauen im Borchardt herumsitzt? Oder weil er noch nie eine Zeile geschrieben hat?

Es gibt wenig Dinge, die Klappisch unbedingt will, und der Büchnerpreis gehört überhaupt nicht dazu. Klappisch will zum Beispiel, daß Jitzchak Rabin wiederaufersteht und mit Barbra Streisand »The Way We Were« neu aufnimmt. Er will, daß alle jüdischen Prinzessinnen auf dieser Welt gleichzeitig in den Spiegel schauen und ihre Nasenoperationen bereuen. Er will ab und zu eine SA-Ausgehuniform tragen. Er will, daß sein 86jähriger Vater endlich aufhört, ihm Kopfnüsse zu geben. Und einen größeren Schmendrik hätte Klappisch auch sehr gern.

Ja, das sind so die Dinge, die Klappisch will, und der Büchnerpreis gehört absolut nicht dazu. Wahrscheinlich wird er ihn deshalb auch früher oder später bekommen.

Nobelpreis

Während eines besonders langweiligen Spaziergangs durch den Luitpoldpark bemerkte Schenkin, der Literaturstudent, daß er sich allmählich in Thomas Mann zu verwandeln begann. Darum rannte er ganz schnell nach Hause, um dort auf die Nachricht von der Verleihung des ihm zustehenden Nobelpreises zu warten. Schon am nächsten Morgen war es soweit. Im Dezember fuhr er nach Stockholm und ließ sich vom schwedischen König die Ehrenurkunde und den Scheck über zehn Millionen Kronen überreichen, und dabei grinste er auch noch ziemlich frech. Von Stockholm flog er direkt nach Ibiza weiter. Dort machte er von dem Preisgeld eine Diskothek, eine Bar und einen Jarmulke-Verleih auf und zeugte mit einer zum Glauben seiner Väter konvertierten Einheimischen die Söhne Zeev und Schlomo, die später als die sehr viel besseren Brüder Mann in die Literaturgeschichte eingehen sollten.

Die Inspiration

Nichts fand der Schriftsteller Libeskind so lächerlich wie die Liebe der Intellektuellen zum Fußball. Für sie war jedes Bundesligaspiel eine griechische Tragödie, jeder gute Mittelfeldpaß ein Gruß aus den Tiefen des poststrukturalistischen Zeichensystems. Als er eines Tages gefragt wurde, ob er bei einem Benefizspiel für ein palästinensisches Bewässerungsprojekt mitspielen wolle, sagte er trotzdem sofort zu. Eine Woche später fand er sich als Linksaußen in der Mannschaft der Freunde von Amnesty International wieder, er hatte den Ball und lief allein auf den Torwart der Brot-für-die-Welt-Auswahl zu. Libeskind bekam kaum noch Luft, das linke Bein tat ihm so weh, als säge jemand daran, der Schweiß auf seiner Brust und auf seinem Peace-Now-T-Shirt war kalt und unangenehm und versprach eine ordentliche Erkältung. Was mache ich hier eigentlich, fragte sich Libeskind, ist es gut oder ist es schlecht für die Juden? Er hatte mit einer einfachen Körpertäuschung den Torwart der anderen überlistet und mußte jetzt nur noch den Ball ins leere Tor schieben. Doch vor lauter Selbstzweifeln stoppte er plötzlich, er rollte den Ball ein paarmal unter seinem Fuß hin und her, und als der dicke Hippietorwart danach schnappen wollte, wich Libeskind ihm aus. Er dribbelte an ihm vorbei zur Außenlinie, stieß von dort wieder in den Fünfmeterraum vor – aber dann, nachdem für eine Sekunde der herrlich weiße Hängebusen von Tali Frimkin aus Herzliah-Pituach vor seinem inneren Auge aufleuchtete, schoß er aus nächster Nähe absichtlich meterweit am Tor vorbei. Typisch Linksaußen, dachte Libeskind, und während er dem verlorenen Ball hinterhersah, bekam er die Idee für eine Kurzgeschichte, die er kurz darauf vergaß. Statt dessen rief er am selben Abend Tali nach Jahren wieder in Israel an. Sie wollte zwar keinen Telefonsex haben, aber dafür erzählte sie Libeskind von ihrem Bruder, der sich in eine palästinensische Computerspezialistin aus Jericho verliebt hatte, wegen ihr zum Islam übergetreten und in die Westbank gezogen war. Drei Jahre später kam Libeskinds Roman »Eine palästinensische Meisterschaft« heraus und machte ihn endlich reich.

Baader

Neulich, in der Synagoge, erzählte Mandelbaums Ehefrau Rifka den anderen Frauen, wie sie einmal um ein Haar eine deutsche Terroristin geworden wäre. Also nicht, daß sie wirklich eine deutsche Terroristin werden wollte, und sie hatte zuerst auch gar nicht gewußt, wer der hübsche junge Kerl war, der ihr irgendwann Anfang der Siebziger in der Kaiserstraße ein Kompliment wegen ihrem kleinen, süßen Arsch machte und sie dann fragte, wo man hier in der Gegend gefälschte Nummernschilder bekam. Kurz darauf leckte er schon im Schlafzimmer ihrer Eltern, die gerade den Rest ihrer Wiedergutmachung in St. Moritz verjubelten, ihre Zehen. Und genau da passierte es, daß er plötzlich innehielt und – den entsetzten Blick auf die Menorasammlung von Rifkas Mutter gerichtet – die arme Rifka fragte, wie sie es eigentlich mit der Palästinenserfrage hielt. Was sollte sie darauf sagen? Sie beschloß, sich für die nächste halbe Stunde auf die Seite der PLO und überhaupt aller Unterdrückten dieser Erde zu schlagen, aber als sie gekommen war, schmiß sie den hübschen jungen Kerl sofort hinaus.

»Schade eigentlich«, sagte Mandelbaums Ehefrau Rifka zu den anderen Frauen, während unten gerade die Männer das Schma anstimmten. »Ich hätte vielleicht doch mit diesem Herrn Baader zusammenbleiben sollen. Stellt euch vor, dann hätte ich jetzt nicht einen Ehemann, der mich betrügt, drei verwöhnte, häßliche Kinder und den fettesten Arsch von ganz Frankfurt, sondern ein schönes, grünes Grab irgendwo in der deutschen Provinz, und ständig würde mir jemand ein paar Blumen vorbeibringen, und die Vögel würden Tag und Nacht für mich singen, und ab und zu käme sogar ein Film über mich im Fernsehen.«

Das erste Mal

Landauer hatte kein Glück mit dem Sex. Egal wie lange seine Geliebten brauchten, er kam immer eine Sekunde früher. Als er das erste Mal mit einer Frau schlief, wollte er nicht zugeben, daß er es vorher noch nie gemacht hatte. Aus Unerfahrenheit – und ohne es zu bemerken – verfehlte er sie und durchbohrte mit seinem stahlharten Glied das Laken und die auf dem Boden liegende Matratze. Er blieb im Parkett stecken, und der Feuerwehrmann, der ihn später aus seiner mißlichen Lage befreite, sagte: »Alle Achtung, euer Vergeltungsschlag gegen das Hauptquartier der PLO letzte Woche war ja nichts dagegen.«

Die Vorhaut

Fischler, der Ethnologe, der im Grunde kein schlechter Jude war, hatte etwas gegen Beschneidungen. Wo und wann immer er konnte, sprach er das Thema an. Auch in den meisten seiner wissenschaftlichen Arbeiten befaßte er sich kritisch mit diesem, wie er es nannte, »blutrünstig-archaischen« Folterakt.

Es kam, wie es kommen mußte: Eines Morgens, als Fischler unter die Dusche stieg, bemerkte er, daß ihm über Nacht die Vorhaut wieder angewachsen war. Das war ihm aber auch nicht recht. Darum ließ er sie sich kurz darauf in einer Starnberger Privatklinik von einem stark parfümierten holländischen Mohel abschneiden. Kaum war die Wunde verheilt, war die Vorhaut wieder da. Fischler fuhr wieder raus nach Starnberg – aber auch diesmal hielt der Operationserfolg nur ein paar Tage an. So ging es mehrere Male, bis Fischler am Ende seinen Willen gegen Gott, oder wen immer, doch noch durchgesetzt hatte.

»Das Leben ist eben ein einziger Widerspruch«, dachte Fischler ein paar Monate später, als er im Schlafzimmerspiegel genießerisch seinen perfekt beschnittenen Penis betrachtete. Und dasselbe sagte dann die Pädagogikstudentin Claudia zu ihm, als er sich ihr am Nachmittag in der Mensa als Gastprofessor aus Nablus, verkannter Sufi-Dichter und Al-Kaida-Koordinator für Nordeuropa vorstellte. Leider, fuhr Claudia fort, könne sie darum auch nicht mit ihm kommen, so gern sie es möchte. Sie finde ihn zwar sehr attraktiv und stünde im Nahostkonflikt eindeutig auf Seiten des arabischen Volkes – aber sie mache es nur mit Juden.

Der Berater

Im Think-Tank des Bundeskanzlers war Mimosenduft nur noch eine ganz kleine Nummer. Woran lag das bloß? An seinem Nachnamen? An seiner Mutter, die ihn morgens an der Hand ins Büro brachte, abends abholte und tagsüber vor dem Kanzleramt stand und streng zu seinem Fenster hinaufschaute? Oder hatte es doch damit zu tun, daß es Mimosenduft – trotz seiner ewig beschlagenen Brille, seiner Halbglatze und der immer etwas zu hoch sitzenden Hosen – regelmäßig als erstem gelang, die neuen Praktikantinnen von Stock vier zu erobern?

Vielleicht hätte Mimosenduft aber auch damals im Büro seines Chefs besser schweigen sollen. Auf dem Schreibtisch des Kanzlers stand eines Tages plötzlich das Foto seines Vaters in Wehrmachtshelm und Wehrmachtsuniform, und weil er dem Kanzler so verblüffend ähnlich sah, sagte Mimosenduft überrascht: »Mann, Chef, Sie sehen ja echt gut aus als Nazi.«

Letzte Woche streifte der Kanzler mal wieder spätnachts allein durchs Kanzleramt, und außer ihm war nur noch Mimosenduft da. Der Kanzler ging langsam die leeren Flure entlang, er blieb vor jeder Bürotür kurz stehen und winkte stumm hinein wie zum Abschied. Als er Mimosenduft an seinem Schreibtisch sitzen sah, schüttelte er bloß den Kopf und ging schnell weiter. Doch Mimosenduft beschloß, die Gunst der Stunde zu nutzen. Seit Monaten lag in seiner Schublade das Strategiepapier »Auf deutschen Wegen nur Krieg und Regen«, in dem er genau aufgeschrieben hatte, wie der Kanzler die nächsten Wahlen vielleicht doch noch gewinnen könnte.

Mimosenduft stürzte aus dem Zimmer, aber der Kanzler war bereits im Zwielicht der Notbeleuchtung verschwunden. Mimosenduft holte ihn erst unten wieder ein, in der großen Eingangshalle. Der Kanzler wirkte noch kleiner, als er ohnehin war, er rüttelte wild an der Türklinke und murmelte: »Ich will hier endlich raus.« Als Mimosenduft das hörte, drehte er wieder um und ging zurück in sein Büro. Er machte den Computer an, öffnete die Datei »Genial« und löschte »Auf deutschen Wegen ...«

Später, in der Straßenbahn, hielt Mimosenduft die Hand seiner Mutter noch fester als sonst, und er dachte: So sind sie, diese Gojim, wenn schon Untergang, dann mit Schmackes.

Beatles

Wie kam es, daß Smirnov beim Comebackkonzert der Beatles letzte Woche in der Carnegie Hall den Platz von George Harrison einnehmen durfte? Und wieso überließen McCartney und Ringo Starr seinem bekloppten Cousin Roni Fischelmann den Part von John Lennon? Er selbst wollte doch John Lennon sein! Er wollte John Lennon sein, seit er fünfzehn war, und noch lieber wäre er nur Brian Epstein gewesen.

Und warum wollte Smirnov John Lennon sein? Weil er auf Yoko Ono scharf war. Ja, auf die Yoko Ono, die alle so haßten, weil es wegen ihr seit dreißig Jahren keine neuen Beatlesplatten mehr gab, weil sie auf ihren eigenen Platten so klang wie der Motor eines alten, krepierenden Toyota, und weil sie nicht einmal eine Figur hatte, für die es sich gelohnt hätte, die beste Band der Welt zu verraten. Aber das war Smirnov alles egal. Er liebte Yoko, denn sie hatte John geliebt, wie Smirnov noch nie eine Frau einen Mann lieben gesehen hatte. Und darum wollte er John Lennon sein, genau darum.

Niemand wußte von Smirnovs heimlicher Leidenschaft, schon gar nicht Roni Fischelmann, sein bekloppter Cousin, der jetzt neben ihm auf der Bühne der Carnegie Hall stand und so tat, als wäre er John Lennon. Er machte es ziemlich gut, das mußte der neidische, traurige Smirnov ihm lassen, und Yoko fand das auch. Sie saß in der ersten Reihe und guckte wie eine heiße Miso-Suppe, und als das Konzert nach acht »Imagine«-Zugaben und fünf verdammt guten Witzen von Roni Fischelmann zu Ende war, sprang sie auf die Bühne, umarmte Roni gerührt und tätschelte seinen Hintern. Roni guckte dabei über ihre Schulter in Smirnovs Richtung, er verzog triumphierend sein dämliches rumänisches Gesicht und streckte hinter Yokos Rücken den Daumen nach oben.

Die Nacht verbrachte Smirnovs bekloppter Cousin mit Yoko im Dakota Building, und man hörte sie im ganzen Central Park. Der enttäuschte Smirnov ging stattdessen mit einem wahnsinnig versauten, minderjährigen schwarzen Groupie ins New Crowne Plaza, und das war eigentlich auch nicht so schlecht.

Der Pianist

Das war Feigenbaum aber wirklich unangenehm! Er saß im BE in der Galapremiere von Roman Polanskis großem Holocaustdrama »Der Pianist«, und während vor ihm auf der Leinwand mal wieder die Juden wie die Fliegen krepierten, dachte er an seine Blase. Feigenbaum dachte eigentlich immer nur an seine Blase: Vor jeder Gemeinderatssitzung, vor jedem Zahnarzteingriff, vor jedem längeren Ritt auf seiner Verlobten Rina ging er sicherheitshalber auf die Toilette, denn tat er es nicht, mußte er garantiert währenddessen, und das Schlimme war, daß er manchmal auch währenddessen mußte, obwohl er sicherheitshalber vorher war.

Diesmal hatte Feigenbaum völlig vergessen, sich zu erleichtern. Das lag bestimmt daran, daß er sonst keine große Erfahrung damit hatte, Kinosäle auf roten Teppichen zu betreten, und zwar Kranke und Alte links, Gesunde und Arbeitsfähige rechts. Er kannte das auch nicht, daß einem vorher von Kellnerinnen in tiefdekolletierten SA-Uniformen scharfer polnischer Wodka gereicht wurde, mit den Worten: »Los! Trinken! Gibt gleich noch einen!« Und dann war da noch der Bundestagspräsident, der – Premiere hin oder her – darauf bestanden hatte, Eintritt zu zahlen. »Ich leiste Wiedergutmachung, wann es mir paßt«, fuhr er die Ordner an und fing an zu weinen.

Das alles war dem armen, verwirrten Feigenbaum einfach zuviel. Er war froh, daß er mit Hilfe eines freundlichen, arabisch sprechenden GSG-9-Beamten überhaupt seinen Platz gefunden hatte, und da saß er nun also und – mußte. Natürlich saß Feigenbaum genau in der Mitte der Reihe. Rechts neben ihm saß die alte Frau Hunger, die die längste Auschwitznummer von ganz Berlin auf dem Arm hatte, links saß der israelische Botschafter. Und vor und hinter ihm hatten die großen, starken Jungs der Boxabteilung von Makkabi Berlin Platz genommen.

Irgendwann – die Deutschen kippten gerade einen besonders gebrechlichen alten Juden im Rollstuhl vom Balkon – war Feigenbaum aber alles egal. Er sprang auf und kämpfte sich unter Protest des halben Kinosaals nach draußen, und nachdem er auf der Herrentoilette das getan hatte, was er tun mußte, verließ er in absoluter Katastrophenstimmung vorzeitig das BE. Zurecht. Denn es dauerte noch viele Monate, bis in der Gemeinde keiner mehr darüber redete, daß Feigenbaum angeblich aus purer Langeweile aus Roman Polanskis großem Holocaustdrama »Der Pianist« rausgegangen war, und manche meinten sogar, es sei doch bekannt, was für ein übler jüdischer Selbsthasser dieser Feigenbaum sei.

Und wie wurde Feigenbaum seinen schlechten Ruf wieder los? Im Theater des Westens, mitten in einer »Anatevka«-Vorstellung, als ein zu allem entschlossenes Al-Kaida-Kommando die Bühne stürmte und allen befahl, sitzenzubleiben. Feigenbaum aber stand nach ein paar Minuten trotzdem auf und ging pinkeln.

Lotto

Markowitz, der KZ-Überlebende, hatte erst sehr spät die Idee gehabt, im Lotto die Nummer zu setzen, die auf seinem linken Arm tätowiert war. Seit Jahrzehnten hoffte er auf einen Millionengewinn, aber bis jetzt waren es nie mehr als drei Richtige gewesen. Diesmal klappte es sofort.

Drei Tage später gab Markowitz sein Feinkostgeschäft an der Hauptwache auf. Er schrieb – bereits am Flughafen – an seine Frau Doscha einen Abschiedsbrief ohne Absender, dessen Schlußsatz »Geld ist nicht alles!« lautete. Und weil er schon mal dabei war, schickte er eine Kopie des Briefs an Edelgard, seine Geliebte, an alle seine arabischen Lieferanten, an Fruma, seine dicke, eingebildete Tochter, die – falls Gott es gut mit ihm meinte – vielleicht doch nicht von ihm war, und an die Halsabschneider von der Chewra Kadischa, die ihm bei der Beerdigung seines Vaters keinen Rabatt geben wollten, obwohl er kurz vorher für seine Mutter noch den vollen Preis bezahlt hatte.

Als er dann endlich im Flugzeug saß – natürlich in der ersten Klasse –, bestellte er einen Champagner nach dem andern. Er schlief immer wieder ein, wachte auf, schlief wieder ein, und es war beim Anflug auf Rio, während er im Fenster bereits diesen riesigen gekreuzigten Goj sah, daß Markowitz plötzlich dachte: Wußte ich's doch! Irgendeinen Sinn muß es gehabt haben, dieses verfluchte Treblinka!

Die Schwiegermutter

Eines Morgens fand sich Ginzberg, der Computerspielhändler, als reitender und rülpsender Nazi-Zombie in einem seiner Computerspiele wieder. Zuerst mußte er sich gegen eine schielende Kung-Fu-Amazone mit sehr großen Brüsten verteidigen. Dann kämpfte er gegen einen dreibeinigen Außerirdischen, der aus jeder, aber wirklich jeder seiner Körperöffnungen hellgrün fluoreszierende Laserstrahlen abschoß. Und schließlich stellte sich ihm auch noch ein halbnackter GI in den Weg, der nicht nur die Gesichtszüge von Ginzbergs Schwiegermutter hatte, sondern auch ihre Stimme. »Mit dir hat man nichts als Ärger!« brüllte sie nach jedem Schuß, den sie aus ihrer Pumpgun auf den armen Ginzberg abfeuerte, und Ginzberg, der auch als Computerfigur wußte, was sich gehörte, widersprach ihr nicht und ließ sich von ihr so oft treffen, bis er auf seinem Konto keine Punkte mehr hatte und vom Bildschirm verschwand.

Seitdem wurde Ginzberg nicht mehr wiedergesehen, weder im richtigen Leben noch im virtuellen, und es waren nur die aufmerksamsten und engsten seiner Freunde, denen auffiel, daß seit seinem rätselhaften Verschwinden seine Schwiegermutter so gelöst war wie nie zuvor.

Der Sinn des Lebens

Kalmanowicz, der Junggeselle, war bekannt für sein ausgeprägtes und unstillbares Verlangen nach sexuellen Dingen. Zum vierzigsten Geburtstag bekam er von seinen Freunden eine pornografische Zeitschrift geschenkt, die er sich noch in der gleichen Nacht vornahm. Doch beim Betrachten einer besonders vertrackten und ihm bis dahin unbekannten Stellung erkannte er plötzlich den wahren Sinn des Lebens. Alles Schein und Lüge, dachte er angewidert und beschloß, ab jetzt enthaltsam zu sein.

Zwei Wochen später stürzte Kalmanowicz auf dem Weg in die Firma von der Treppe, und die Sanitäter, die den Bewußtlosen ins Krankenhaus brachten, fanden in seiner Aktentasche außer einigen geschäftlichen Unterlagen auch die Zeitschrift. Sie war auf Seite 23 aufgeschlagen und schon ziemlich zerlesen.

Documenta

Plotnick, der Maler, konnte leider nicht malen. Trotzdem wollte er unbedingt in der Welt der Kunst Fuß fassen. Einmal hatte er deshalb heimlich im Eßsaal des Jüdischen Altersheims in der Ohmstraße einen riesigen Monitor aufgestellt, auf dem in Endlosschleife ein Adolf-Hitler-Double beim Verzehr von Mazzes zu sehen war. Dafür bekam Plotnick zwar von den Heiminsassen stehende Ovationen – aber nicht von der deutschen Kunstkritik, die ihm wie ein Mann vorwarf, er beleidige mit seiner Arbeit sein Gastvolk. Bei einem anderen seiner vielen Projekte ritt Plotnick nackt auf dem Rücken seiner ehemaligen – und ebenfalls nackten – Sozialkundelehrerin Frau Dr. Kalutzke über den zugeschneiten Königsplatz und rief: »Du bist die Schuld! Ich bin die Sühne!« Diese Performance brachte ihm aber genausowenig künstlerische Anerkennung ein wie seine Pelmeni-Attacke auf George Tabori oder die Sache mit Abi Ofarims Urinprobe, die er bei ihrem gemeinsamen Urologen klaute und danach auf der Schumann's-Toilette öffentlich ins Pissoir kippte.

Was hätte Plotnick dafür gegeben, einmal auf die Documenta eingeladen zu werden! Obwohl er wußte, wie schlecht seine Chancen waren, gab er die Hoffnung nie auf. Aber die Einladung kam und kam nicht. Als Plotnick dann auch noch erfuhr, daß der neue Freund seiner Ex-Frau Ilana auf der nächsten Documenta unter dem Titel »Plotnicks alte Unterhosen« Plotnicks alte Unterhosen ausstellen würde, verlor er die Nerven. Er schickte den

Documentachefs ein Videoband, auf dem er – eingehüllt in eine israelische Fahne und eine Spielzeug-Uzi schwenkend – ankündigte, sich in der Kasseler Innenstadt in die Luft zu sprengen, sollten sie ihn nicht doch noch einladen.

Leider hatte Plotnick auch diesmal mit seiner Arbeit keinen Erfolg. Jeder, der sein Erpresserband sah, lachte nur müde und sagte: »Ach, Plotnick, der lernt es nie …« Als Plotnick aber drei Tage später vor dem Kasseler Karstadt seinen selbstgebastelten Sprenggürtel zündete und eine zwölfköpfige südamerikanische Indioband in den Tod mitnahm, lachte keiner mehr. Schon gar nicht die Documentakünstler, die noch nie so viel Presse gehabt hatten wie Plotnick, selig sei sein Angedenken, am nächsten Tag.

Der Papst

Jetzt haben sie es tatsächlich geschafft, jetzt haben sie mich genauso herumgekriegt wie damals Jesus, dachte Gold, als er von der Kardinalsversammlung in Rom zum neuen Papst gewählt wurde. Gold war als Kind während des Kriegs von seinen Eltern in einem elsässischen Kloster versteckt worden. Dort war er – nachdem er kurz die Chancen der Juden auf eine bessere Zukunft durchkalkuliert hatte – ganz schnell zum Christentum übergetreten. Nach dem Krieg, als er wirklich sicher sein konnte, daß die deportierten Eltern nicht wiederkommen und ihm wegen seines Übertritts Szenen machen würden, begann Gold an der Universität von Metz Theologie zu studieren. Schon mit Ende dreißig – ein jüdisches Wunderkind eben – machten sie ihn zum Kardinal von Paris.

Und nun war er also Papst. Er hieß ab sofort Ariel II., er sagte in siebenundsechzig Sprachen das Urbi et orbi und wusch Pilgern die Füße, er ernannte Heilige und wetterte gegen die Abtreibung. Alles war in bester Ordnung – bis ihn eines Tages unangemeldet sein Cousin Jossi aus Mainz in Rom besuchte, um ihn zu fragen, ob er ihm nicht was leihen könnte, er wolle nämlich seine Tochter Vanessa zum Studieren nach Harvard schicken.

»Bist du meschugge, Jossileben?« entfuhr es dem Papst gegen seinen Willen auf Jiddisch, »am Ende lernt sie dort noch irgendeinen Ostküsten-Schejgez kennen und heiratet ihn. Ein Goj in der Familie genügt!«

Kaum hatte er das gesagt, erschrak Ariel II. über sich

selbst. Sein Schrecken wurde noch größer, als unter Donnerhall ein blauer Blitz in seine Tiara fuhr und er die metallische Stimme Gottes sagen hörte: »Du ein Goj, Gold? Daß ich nicht lache! Du bist doch nur ein kleiner jüdischer Bastard!«

Aber der Papst faßte sich schnell. Mit gerecktem Kinn und gehobenem Zeigefinger rief er nach oben: »Du etwa nicht? Du nicht?!«

Routine

Himmelfarb, der unglückliche Ehemann, liebte die Routine. Mittags aß er nur bei dem kleinen Italiener direkt neben seinem Büro, obwohl die pakistanischen Paschtunen, denen das Lokal gehörte, von Pasta soviel Ahnung hatten wie UN-Inspektoren von Biowaffen. Er trug dieselben kratzigen Frotteepyjamas wie früher, als seine Mama sie ihm noch Abend für Abend überstreifte. Und zum Fünf-Uhr-Tee in Unterhemd und Gatkes ging er seit Jahren immer zu der gleichen Prostituierten.

Chantal war aber auch wirklich etwas Besonderes. Sie ließ sich von Himmelfarb schmutzige Worte auf Jiddisch beibringen, und wenn sie fertig waren, durfte er mit ihr ohne Aufpreis Löffelchen liegen. Einmal vergaß er sogar vor lauter Zutraulichkeit zu bezahlen, und daß sie ihn an seine Schulden nicht erinnerte, machte sie ihm besonders sympathisch.

Als Himmelfarb letzte Woche mal wieder bei Chantal war, mußte er aber plötzlich an seine Ehefrau Ruchale denken – und das auch noch im entscheidenden Augenblick. Seitdem hat er die süße Chantal nicht mehr wiedergesehen. Gut, es sind gerade erst fünf Tage vergangen. Aber daß er inzwischen dreimal mit den Worten »O du meine geile Sexgöttin!« über Ruchale hergefallen ist, beweist doch, daß sich auch bei so eingefleischten Gewohnheitstieren wie Himmelfarb ab und zu etwas ändern kann.

Öl

Also das war so: Lieberberg hat eine Tante in Queens, und die hat eine puertoricanische Putzfrau, die Maria heißt, und diese Maria putzt auch bei Frau Nadelbaum, deren Sohn eine Kanzlei in New Jersey hat, die auf Scheidungensrecht spezialisiert ist. Aber darum geht es hier gar nicht, es ist nur so, daß der Sohn von Frau Nadelbaum etwas mit einer gewissen Rosita in Washington laufen hat, und weil er ziemlich paranoid ist, will er sich nie mit ihr in New York treffen. In New York würde er mit Rosita nämlich garantiert keinen hochkriegen, denn er würde immer nur daran denken, daß gleich Mrs. Nadelbaum ins Hotelzimmer stürzen und ihn an den Ohren packen und mit heruntergezogener Unterhose auf die Straße schleifen könnte. Darum also trifft sich Nadelbaum mit Rosita meistens in Washington im Holiday Inn, und dort kriegt er auch fast nie einen hoch, aber das ist nicht so schlimm, denn das liegt dann nicht an Mrs. Nadelbaum, sondern an Rosita, und die liebt er ja, im Gegensatz zu Mrs. Nadelbaum.

Wie auch immer, neulich saß Nadelbaum im Flugzeug nach Washington, und neben ihm saßen zwei Typen vom Außenministerium. Vielleicht waren die beiden auch vom Verteidigungsministerium, ehrlich gesagt, so genau hat er gar nicht mitgekriegt, in welchem Ministerium sie arbeiteten, und es könnte auch sein, daß sie etwas mit Immobilien zu tun hatten. Jedenfalls hatten sie wirklich gute Schuhe und teure Anzüge an, von der Sorte, wie sie in

Washington sonst nur die Jungs aus der Administration anhaben, und irgendwann hat einer von den beiden zum andern gesagt, er hofft, diesem Saddam geht es bald an die Eier, er hat nämlich echt keine Lust, in ein paar Jahren seinen Chrysler mit Rizinusöl oder Cherrycoke oder was auch immer zu tanken. Der Meinung war Nadelbaum natürlich auch – und er war froh zu hören, daß Bushs und Rumsfelds Leute genauso dachten, und das hat er gleich am nächsten Tag allen in der Kanzlei freudestrahlend erzählt. Seiner Mutter hat er es natürlich auch erzählt, und die hat es ihrer Maria erzählt, die es Lieberbergs Tante erzählt hat, und die hat es Lieberberg erzählt, und seitdem weiß Lieberberg also, daß die Amerikaner sich wirklich nur wegen des Öls den Irak geholt haben. Aber das ist Lieberberg trotzdem völlig egal, sie hätten, wenn es nach ihm ginge, Saddam auch nur deshalb einen Kopf kleiner machen können, weil ihnen sein öliger Kellnerschnurrbart nicht gepaßt hat oder seine selbstgeschriebenen, kindischen Liebesromane, Hauptsache, ein Feind der Juden weniger auf der Welt.

Der Knicks

Shoshi liebte Kohn. Aber sie liebte auch Heini, den Grafen von Nibbelschwitz. Oder war es vielleicht genau andersrum?

Die Entscheidung fiel, als Heini letzte Woche Shoshi seinen Eltern vorstellte. Es fing damit an, daß Shoshi beim Essen Heini mit dem Finger im Ohr bohrte. Dann fragte sie Heinis Vater, ob ihm der Rehrücken wirklich nur schmeckte, wenn er ihn in dieser schicken grauen Wehrmachtsuniform aß. Nach dem Essen verschwand sie ewig auf der Toilette, riß dort aus den Sotheby's-Katalogen alle Seiten mit Judaika raus und stopfte sie in ihre Taschen. Und beim Abschied machte sie keinen Knicks.

Eigentlich machte sie einen Knicks, aber das konnte man nicht wirklich einen Knicks nennen. Sie ging in die Knie, stieß mit ihrem jüdischen Arsch eine Mingvase um, die Mingvase fiel auf die Zehen von Heinis Vater, Heinis Vater stolperte, krallte sich in den Haaren von Heinis Mutter fest, sie fielen beide auf ihren Weimeraner Wotan und begruben ihn stumm unter sich, und nicht mal der Hund jaulte. Dann standen sie lächelnd auf und baten Shoshi, bald wiederzukommen.

An diesem Abend beschloß Shoshi, für immer bei Heini und seiner Familie zu bleiben. Hier mußte sie sich nicht so verstellen wie bei Kohn und seinen durchgeknallten, tyrannischen, russischen Eltern. Hier konnte sie sein, wie sie wirklich war. Und wenn sie wieder ginge, würde es auch keiner merken.

Gysi

Lomberg war früher der einzige Stasi-Offizier, der sich – weil Jude – selbst beschatten mußte. Inzwischen lebte er davon, daß er für die Berliner Stadtreinigung Naziparolen von Synagogen, jüdischen Gemeindehäusern und Friedhöfen entfernte. Er machte seine Arbeit gern, denn es war fast alles wie früher: Er war viel an der frischen Luft, und er kämpfte für eine gute Sache. Außerdem lernte er so, wer alles noch Jude war außer ihm. Die Gegenseite war wirklich gut informiert. Sie beschimpften nicht nur Michel Friedman und Paul Spiegel als »Scheißjuden«, sondern auch Alfred Biolek, Gregor Gysi und das Café Einstein.

Als Lomberg einmal nachts aus alter Gewohnheit einen kleinen Kontrollgang in Weißensee machte, entdeckte er einen kleinen glatzköpfigen Mann mit einem Pinsel und einem Farbtopf an der Friedhofsmauer. »Gysi zurück in die Judenschule!« schrieb er gerade, und Lomberg stellte ihn natürlich sofort zur Rede. Wie überrascht war er dann, daß der Mann sich als Gregor Gysi selbst vorstellte und Lomberg an ihre alten Treffen erinnerte, damals, als zwischen den Männern vom Staatssicherheitsdienst und ihren Informanten noch Vertrauen herrschte. Und um wie viel mehr überraschte es Lomberg, als er am nächsten Tag denselben Gysi in der Tagesschau sah, in einem Jackett, dessen Ärmel mit weißer Farbe beschmiert waren.

Weit wird er es nicht bringen, dieser Schlaumeier,

dachte Lomberg, wenn schon Desinformation, dann richtig.

Stalin

Silberfelds russischem Großvater Aaron wäre es einmal fast gelungen, Stalin zu stürzen.

Im Jahr 1937, während der großen Säuberungen, als schon ein falsches Wort oder eine bloße Beschuldigung genügten, um nach Sibirien deportiert zu werden, kam er auf die Idee, Stalin selbst in einem anonymen Brief als Feind der Partei zu denunzieren.

Doch Silberfelds Großvater Aaron verwechselte in der Aufregung die beiden Briefumschläge, die auf dem Küchentisch lagen. Darum erhielt der NKWD drei Tage später mit der Post die Beschwerde eines A. S. über unerträgliches nächtliches Geschrei und Kochtopfgeklapper, die mit dem Satz endete: »So nicht, Genosse Panfilow!«

Silberfelds Nachbar Panfilow dagegen, ein Bolschewik der ersten Stunde, fand am selben Tag ein anonymes Schreiben im Briefkasten, in dem es hieß, der Genosse Stalin sei ein amerikanischer Agent.

Um den großen Stalin zu schützen und selbst nicht in die Sache hineingezogen zu werden, beschloß Panfilow, den Brief zu verbrennen. Dabei fing eine Gardine Feuer, und das dunkelbraune Mietshaus in der Wawilowa Straße 12 brannte innerhalb weniger Stunden nieder. Silberfelds Großvater Aaron mußte daraufhin mit seiner Frau Zina und seinen beiden Töchtern Zoja und Zelda wieder zu seinen Eltern nach Odessa ziehen, und das war dann praktisch genauso schlimm wie Sibirien.

Weininger

Goren, der Germanist, bewunderte seit Jahren den Philosophen und Frauenfeind Otto Weininger, der sich als junger Mann umgebracht hatte, weil er hoffte, im Jenseits gebe es keine Ehebetten. Goren war Stifter der Otto-Weininger-Gedächtnismedaille, die für die frauenfeindlichste Bemerkung des Jahres vergeben wurde. Er trug bei seinen heimlichen nächtlichen Spaziergängen im Wiener Prater Gehrock, Melone und Vatermörder. Und war er besonders gut aufgelegt, unterschrieb er die Entschuldigungen seines Sohnes Rafi mit »Ich, Weininger, Mann und Maschine«.

Paradox an Gorens Leidenschaft war, daß er in Wahrheit die Frauen liebte. Er war nicht einmal latent homosexuell und führte seit zwei Jahrzehnten eine fantastische Ehe, intellektuell und sexuell das Beste seit Mel Brooks' und Anne Bancrofts Hochzeitsreise in die Catskills 1964. Dieser Widerspruch zwischen Denkraum und Lebensraum, zwischen Idol und Nachfolger, wie Goren es im Stillen für sich nannte, quälte ihn natürlich. Darum stellte er sich – nach einigen erfolglosen Versuchen mit Callboys und dem Judaistik-Studenten Ulli – eines Tages vor seine Frau Rima und tischte ihr im Namen von Otto Weininger und dessen Geschlechterkampf folgende Lüge auf: »Ich hasse dich, ich hasse dich, ich hasse dich«, sagte er. »Und ich verlasse dich!«

»Gib dir keine Mühe«, erwiderte Rima gelassen. »Ich verlasse dich.« Dann packte sie noch schneller, als sie sonst nach einem gespielten Orgasmus einschlief, ihre Sachen zusammen, fuhr zum Flughafen und nahm die erste Maschine nach Israel. Dort zog sie in den Kibbuz Alma Mahler, erleichtert darüber, daß Goren ihrer zwanzig Jahre währenden Ehehölle endlich ein Ende bereitet hatte.

Dr. Mengele

Zeitenstein, früher der einzige Dollarmillionär von ganz Bergen-Belsen, hatte 1952 im brasilianischen Dschungel einem freundlichen, grauhaarigen Deutschen statt eines Antimalaria-Medikaments eine Schachtel Brausetabletten angedreht. Erst Jahre später wurde ihm klar, daß der Mann, den er reingelegt hatte, Josef Mengele war. Seitdem wünschte Zeitenstein noch sehnsüchtiger als zuvor die Verhaftung oder den Tod des verhaßten deutschen Arztes herbei.

Freud

Der Maler Schiffkin übermalte solange das Porträt seines Vaters, das er als junger Mann von ihm gemacht hatte, bis der zu seiner Überraschung plötzlich wie Ariel Scharon aussah. Das gefiel Schiffkin zwar ganz gut, aber seine linken Freunde hätten das nie akzeptiert. Also machte er weiter, und daß sein Vater nach ein paar Tagen Arbeit Arafat zu ähneln begann, war natürlich auch ein Problem. Aber Schiffkin gab nicht auf, und am Ende sah der alte Schiffkin wieder aus wie er selbst.

Schiffkin mochte das Bild, doch als er es seinem Vater zeigte, gab es Streit. »Hab' ich dich etwa hungern lassen als Kind?« schrie ihn der Vater an. »Hab' ich dich auf so schlechte Schulen geschickt, daß du es mir jetzt so heimzahlen mußt?« Der Sohn schüttelte verständnislos den Kopf und schwieg. Von diesem Tag an redete sein Vater fast eine ganze Woche nicht mit ihm, und Schiffkin weiß bis heute nicht, warum.

Schabbatai Zwi

Manja und Salzner hatten oft Streit. Meistens war sie es, die ihm Vorwürfe machte, während er nur schwieg. Das machte sie eines Nachmittags so wütend, daß sie anfing, Geschirr gegen die Wand zu schleudern und spöttisch auszurufen: »Das bin nicht ich, die das macht, das bin ich gar nicht!«

In dem Moment fuhr tatsächlich ein Dibbuk in sie hinein – und zwar der ewig unzufriedene Geist des falschen Messias Schabbatai Zwi. Er fühlte sich in ihr allerdings überhaupt nicht wohl und verließ sie nach einigen Sekunden wieder, um sich mit dem sehr viel sympathischeren Salzner zu vereinigen. Der erklärte sofort in einem veralteten ukrainischen Jiddisch, er sei der Messias, was sonst, und das Jüngste Gericht sei auch schon ganz nah.

Manja, die sich von Salzner jetzt auch noch auf den Arm genommen fühlte, räumte ihren Kleiderschrank aus, verließ mit zwei Koffern und ihrer Vasserelli-Vase die Wohnung und lief auf die sonnenbeschienene Nymphenburger Allee hinaus. Sie ging ein paar Schritte – und sah plötzlich hinter den Türmen der Frauenkirche einen großen, silbernen Atompilz aufsteigen. »Habe ich meinem Liebling also doch unrecht getan«, dachte sie gerührt und löste sich wenige Sekunden später in eine rote, geleeartige und fürchterlich stinkende Flüssigkeit auf.

Kosmos

Beinsteins Schwester Sara, die Physik und Humanbiologie studiert hatte, machte im Herbst letzten Jahres beim Flug der Spaceshuttle als erste Frau in der Geschichte der Raumfahrt einen Weltraumspaziergang. Am dritten Tag der Expedition glitt sie in das unheimliche Dunkel des Universums hinaus und bewegte sich mit der Geschwindigkeit von fünf Kilometern in der Stunde vom Mutterschiff weg. Beim Überfliegen des Persischen Golfs wurde sie von einem Unbekannten angesprochen, der sie um Feuer bat. Ohne ihre Antwort abzuwarten – Sara war Nichtraucherin –, riß er ihr den weißen Raumanzug vom Körper und verging sich an ihr zweimal.

Die Prüfung

Seit er zwölf war, träumte Lustig, das Wunderkind, von einer akademischen Laufbahn. Mit fünfzehn machte er Abitur. Mit neunzehn begann er, seine Doktorarbeit mit dem Titel »Theodor Herzl und sein Einfluß auf sich selbst« zu schreiben, die er ein halbes Jahr später beendete. Weniger als zwei Monate brauchte er dann, um sich auf die letzten Examen vorzubereiten. In dieser Zeit wurde er von der furchtbaren Angst getrieben, ihm könnte gleich nach der bestandenen Prüfung ein Ziegelstein auf den Kopf fallen oder sonst ein Unglück zustoßen. Mit Hilfe eines nichtjüdischen Therapeuten gelang es Lustig, diese Angst abzubauen.

Ende Juli trat er vor die Prüfungskommission und legte ein glänzendes Examen ab. Freudestrahlend verließ er den dunklen Universitätsbau an der Ludwigstraße – und wurde in der Passage von Küchen Dross Zeuge einer schrecklichen Szene: Ein riesiger kahlköpfiger Kerl hielt eine kleine alte Frau an den Haaren, schwenkte sie wie ein Jojo in der Luft hin und her und sagte: »Wir werden uns noch einig, du alte geizige Ziege, wirst schon sehen!«

Lustig war nicht dumm und ging schnell weiter. Er hat seine Entscheidung bis auf den heutigen Tag nicht bereut.

Der Kolumnist

Um sein schlechtes jüdisches Gewissen zu beruhigen, heiratete Gleitman nicht in seiner geliebten Heimatstadt Berlin, sondern in Paris. Die Idee stammte von Gleitmans Jugendfreund Fogel, einem für seinen Sarkasmus berühmten Kolumnisten, der nie im Ernst geglaubt hatte, daß Gleitman seinem aphoristischen Vorschlag folgen würde. »Paris, Stadt der Liebe«, hatte Fogel grinsend zu ihm gesagt, »Berlin, Stadt der Hiebe«. Das hatte Gleitman sofort überzeugt.

Die Hochzeit fand in der Synagoge de la Victoire in der Rue Copernic statt. Über zweihundert Menschen waren gekommen, ein französisches Videoteam filmte die Feier. Endlich waren die heiligen Worte gesprochen, das Glas zertreten, Braut und Bräutigam küßten sich und schritten leichtfüßig auf den Ausgang zu, und die Verwandten, Freunde und Bekannten schlossen sich ihnen einer nach dem anderen an.

Kaum war der Menschenzug, mit dem Brautpaar an der Spitze, draußen angekommen, fielen Schüsse. Als erste wurden von der Pariser Hamas-Zelle »Mohammed mon amour« die jungen Gleitmans niedergestreckt, dann die alten, dann die Eltern der Braut, und danach die übrigen Hochzeitsgäste, die – wie von einer merkwürdigen Kraft angezogen – dem Ausgang weiter ruhig zustrebten, ein Maseltov hier, ein Maseltov dort. Nur der Kolumnist Fogel, der sofort den Ernst der Lage begriffen hatte, rannte durch einen Hinterausgang auf die Straße, wo er von einem Lastwagen der Supermarktkette Codec angefahren und gegen das Schaufenster eines ziemlich schlechtgehenden afghanischen Teppichgeschäfts geschleudert wurde. Trotzdem überlebte er als einziger den Anschlag und schrieb seitdem nur noch schwärmerische, lebensbejahende Kolumnen und Kommentare, die ihn schon bald seinen Ruf als Deutschlands bissigster Meinungsjournalist kosteten.

Das Kopftuch

Niemand weiß, warum Blonsky, der Sachkundelehrer, eines Tages mit einem hübschen hellblauen Kopftuch in der Mosche-Dayan-Grundschule auftauchte. Er sah eigentlich genauso aus wie sonst – Taucheranzug, israelische Militärstiefel, Brotkrümel im Bart –, und er benahm sich auch nicht ungewöhnlich. Während des Unterrichts saß er mit dem Rücken zur Klasse und las Art-Spiegelman-Comics, und als er sich später mit dem Bunsenbrenner seinen Borschtsch warm machte, durften alle Kinder probieren. Hausaufgaben gab es keine, dafür bat Blonsky in der Pause die anderen Lehrer, in ihren Schränken nachzusehen, ob sie noch irgendwo alte Platten von Joseph Schmidt hatten.

Alle liebten Blonsky – aber das mit dem Kopftuch ging natürlich nicht. Zuerst nahm ihn sich der Direktor vor, und obwohl Blonsky während der Unterredung auf seinem Walkman laut alte Kibbuzniklieder hörte, hatte der Direktor hinterher ein sehr gutes Gefühl. Doch am nächsten Tag trug Blonsky wieder das Kopftuch. Er hatte es sich diesmal noch kunstvoller umgebunden, es fiel hübsch auf seine schmalen Schultern, und von hinten konnte man ihn glatt für eine echte Muslimin halten.

Als nächstes war der Elternrat an der Reihe, später sprach noch der Rabbiner mit Blonsky. Auch der Kultusminister nahm sich eine Stunde Zeit für ihn, und der israelische Botschafter versuchte telefonisch, Blonsky von seiner seltsamen Idee abzubringen. Doch Blonsky blieb stur. Auf die Frage, warum er seinen Leuten mit diesem schrecklichen Ding auf seinem Kopf soviel Kummer bereiten müsse, bekam keiner eine Antwort.

Bald gab man es auf, Blonsky von etwas überzeugen zu wollen. Und irgendwann kam er wieder ohne Kopftuch zum Unterricht. Manchen fehlte es, manchen nicht, und nach einer Weile war Blonskys Kopftuch-Psychose für immer vergessen.

Der Kanzler

Keiner weiß, wie Ornstein es schaffte, Bundeskanzler zu werden. Ornstein selbst weiß es auch nicht so genau. Wahrscheinlich hätte er nicht bei dieser Straßenumfrage im Heute-Journal sagen sollen, er würde nicht nur die alte Rechtschreibung wieder einführen, sondern auch sonst gerne hier und da das Rad der Geschichte zurückdrehen.

Danach ging alles sehr schnell: TV Total, Christiansen, »Wetten daß ...«, Streitgespräch mit Martin Walser und Franz Müntefering im zugigen Foyer des Willy-Brandt-Hauses, Eintritt in die SPD, Austritt aus der SPD. Kurz darauf Eintritt in die CDU, Machtkampf mit Angela Merkel, Versöhnung mit Angela Merkel, Verhältnis mit Angela Merkel. Dann CDU-Parteitag, öffentliche Liebeserklärung an Angela Merkel, öffentlicher Verzicht auf den israelischen Paß, Rücktritt von Angela Merkel, Ornsteins Kanzlerkandidatur.

Ornstein regiert jetzt schon seit über zwei Jahren. Wir schreiben zwar wieder Schiffahrt mit zwei f und trennen Silben wie vernünftige Leute, aber sonst ist noch immer alles wie vorher – Ornstein sei Dank.

Schwermut

Seit der Rechtsanwalt Leszky herausgefunden hatte, daß sein Vater seine Mutter mit einer manisch-depressiven deutschen Verhaltenstherapeutin betrog, konnte er nicht mehr lachen. Er wurde von Tag zu Tag bedrückter, und die Schwermut wurde seine beste Freundin. Als er dann wieder einmal mit seinem Kumpel Arty Tanker im Roma saß und Arty darüber klagte, daß das Leben so schnell an einem vorüberzieht, stieß Leszky traurig aus: »Noch schneller wäre noch besser!«

Genau vierzig Jahre später – Leszky war jetzt einer der berühmtesten Anwälte des Landes mit einer eigenen Fernsehshow, er war der Vater von drei klugen Kindern, Großvater von fünf schönen Enkeln, und außerdem gehörten ihm ein paar sehr erfolgversprechende Immobilien in Judäa und Samaria –, genau vierzig Jahre später verfluchte sich Leszky für den Wunsch, den er damals im Roma gehabt hatte. Die ganze Familie und Arty mit seiner Frau standen an seinem Bett, er hatte in jedem Arm zwei rote und zwei blaue Kanülen, sein Atemgerät machte ein leises, schnaufendes Geräusch – und er wußte, jetzt geht es ihm gleich an den Kragen.

Bahncard

Landes, der Überlebenskünstler von Sobibor und Autor des einzigen Buczacz-Reiseführers mit Mikwe-Tips, hatte eine Menge guter Gründe, warum er nicht gern Zug fuhr: Die Toiletten waren immer verstopft oder überschwemmt oder beides. Hübsche Frauen setzten sich meist neben jemand anderen, und wenn nicht, wollten sie einem sowieso nicht ihre Telefonnummer geben. Und außerdem wußte man, zumindest als Nachkomme von König David und Jud Süß, nie so genau, wo man am Ende wirklich ankam. So wie er, Landes, damals in Buczacz, als ihm der nette SS-Mann mit der weichen, mütterlichen Stimme sagte, er solle sich nicht fürchten und einfach einsteigen, das sei kein Viehwaggon, sondern nur ein Großraumwagen ohne Sitzplatzreservierung.

Nein, das Bahnfahren fehlte Landes wirklich nicht. Es gab ja Flugzeuge, Fahrräder, Autobusse – und seinen Cousin Schmulik, der schon in Buczacz so nett gewesen war, Landes auf dem Rücken überall dort hinzutragen, wohin er wollte. Es schaukelte zwar ein bißchen, aber dafür hatte Landes unterwegs immer einen von unseren Leuten zum Reden.

Eines Tages wäre Landes fast noch schwach geworden. Die Deutsche Bahn hatte mal wieder ihr Preissystem verbessert und eine Karte für Einäugige, Einbeinige und alle deutschen Staatsbürger mosaischen Glaubens ins Programm genommen. Sie kostete nichts und erlaubte dem Besitzer, umsonst kreuz und quer durch Deutschland zu fahren. Ich bin doch nicht blöd, sagte Landes nach einem kurzen Zögern zu sich selbst und bestieg, statt des ICE Hansi Rosenthal, Schmuliks Rücken. Er mußte gerade nach Berlin, zu einem Treffen der alten Buczaczer KZ-Veteranen.

Seltsam – Schmulik und er waren am Ende die einzigen, die in Berlin wirklich ankamen.

Freunde

Shoshi und Kohn trennten sich so oft, wie andere Leute ihre Hemden wechseln.

»Kohn«, sagte Shoshi eines Tages, »so geht das nicht weiter. Laß uns nur noch Freunde sein.«

»Einverstanden«, sagte Kohn und küßte Shoshi feurig auf den Mund.

»Toll«, sagte Shoshi, » hast du mich jetzt noch als Kohn geküßt oder schon als Freund?«

»Als Freund natürlich«, sagte Kohn.

»Gut«, sagte sie. »Dann küß mich bitte ab jetzt nur noch so.« Und dann zog sie sich so schnell aus wie noch nie zuvor.

Osama

Letztes Purim ging Kirschensaft als Osama bin Laden. Natürlich kam es vor dem Eingang der Westend-Synagoge zuerst zu kleineren Tumulten – vor allem, als Avigdor und Schlomi, die beiden leicht zurückgebliebenen israelischen Wachleute, versuchten, ihn niederzuschießen. Zum Glück trafen sie nur den Rückspiegel eines mit acht Frankfurter Polizisten besetzten Mannschaftswagens, der sofort davonfuhr und nie mehr zurückkam.

Später, auf der Party bei Grünbergs, war Kirschensafts Verkleidung ein umso größerer Erfolg. Frauen griffen ihm unter die Galabiya, und wenn er sich wehrte, kreischten sie: »Nur ein ganz kleines Attentat, bitte!« Rivka, die an den Augen und am Arsch geliftete Hündin der Grünbergs, ließ ihren koscheren Kauknochen liegen und übte mit Kirschensafts Osama-Stock ganz allein Apportieren. Am Ende kamen der alte und der junge Grünberg zu Kirschensaft und fragten, ob sie sich an der Baufirma seines Vaters in Riad beteiligen könnten. Als er sie erstaunt ansah, legte der junge Grünberg verschwörerisch den Finger auf die Lippen, und der alte sagte: »Keine Sorge, Scheich. Auch wir können Spuren verwischen.«

So ging es immer weiter. Der Taxifahrer, der ihn bei Grünbergs abholte, wollte zwar keine Geschäfte mit ihm machen, und was seine semitische Herkunft anging, verhieß der Felsendom-Aufkleber am Lenkrad nichts Gutes, aber Kirschensaft ließ sich trotzdem von ihm sehr gern die Hand küssen. Am nächsten Morgen waren seine deutschen Angestellten das erste Mal, seit er sie eingestellt hatte, wieder nett zu ihm. Kirschensaft hatte sich nur so aus Spaß fürs Geschäft wieder den spärlichen Bart des Scheichs aufgeklebt und die Galabiya übergestreift, und als sie ihn so sahen, erkundigten sie sich sofort nach seiner Gesundheit, sie fragten augenzwinkernd, was er in Zukunft für Pläne habe, und baten ihn, unbedingt alle seine Frauen von ihnen zu grüßen.

Dann ging – nein, humpelte – Kirschensaft wie immer zum Mittagessen ins Operncafé, und es wurde ein einziger Triumphzug. Die Menschen auf der Freßgasse blieben stehen, sie applaudierten leise oder baten um Autogramme. Jemand bot an, ihn zu tragen, und ein anderer meinte, er habe Beweise, daß die Juden selbst den zweiten Tempel zerstört hätten, ob er sich für das Material interessiere. Nach dem Essen – er mußte das erste Mal im Operncafé nichts bezahlen – ging Kirschensaft herüber zur Gallusanlage und setzte sich auf eine Bank, wo nie jemand war. Er mußte nachdenken, sehr genau nachdenken.

Seitdem sind schon viele Monate vergangen. Kirschensaft klebt sich immer noch jeden Morgen den spärlichen Bart des Scheichs an, und er sagt jedesmal zu sich selbst, ich muß bald damit aufhören. Manchmal hofft er, daß sie endlich kommen und ihn holen. Aber sie kommen einfach nicht.

Schnupfen

Der greise Schriftsteller Aschermann hatte sich schon immer gewundert, warum die Gäste und Moderatoren von Talkshows niemals niesten. Nach dem Erscheinen seines zwölften Romans wurde er endlich selbst in eine Talkshow eingeladen.

Noch auf dem Weg vom Hotel ins Studio fragte sich Aschermann verzweifelt, ob er auf seine alten Tage zu einem berechnenden Karrieristen verkommen war. Schließlich hatte er – nach fast fünfzig erfolglosen Schriftsteller-Jahren – in seinem neuen Buch nicht mehr wie sonst die Schrecken des Krieges, der Flucht und der Schoa durchgekaut, sondern in einer Art aktuell-poetischer Revue gezeigt, daß auch Juden, ja, daß sogar KZ-Überlebende einen schlechten Charakter haben können.

Kurz vor Anfang der Sendung verließen Aschermann dann aber alle Selbstzweifel, und er dachte nur noch eins: Bloß nicht niesen! In dem Moment juckte es schon in seiner Nase, und kaum leuchtete das rote Lämpchen auf, begann Aschermann zu niesen. Er nieste, wenn die anderen redeten, er nieste, wenn er dran war, er nieste laut und feucht und dann wieder leise prustend in sich hinein. Hinterher taten trotzdem alle so, als wäre nichts gewesen. Sie sprachen sehr freundlich mit ihm und schüttelten ihm zum Abschied fest die Hand, mit der er den Flug der Speicheltropfen aus seinem Mund und seiner Nase aufgehalten hatte.

Es war, um es kurz zu machen, grauenhaft, fast so

schlimm wie damals, im Dezember 1938, als der junge Quinckert kam, um die Firma von Aschermanns Vater auf seinen Namen überschreiben zu lassen.

Der Clown

Gurewitsch, der Emigrant, war in Moskau ein berühmter Augenarzt gewesen. In Berlin verdiente er sein Geld mit Auftritten bei Partys und Geburtstagsfeiern. Das ging so: Er kam, weiß geschminkt wie früher der große Popow, in seinen riesigen Clownsschuhen ins Wohnzimmer gewankt, stolperte über den Teppich, hielt sich an der Gardine fest, riß sie dabei herunter, fiel ins Bücherregal und wurde unter einem Berg aus Kunstbänden und Souvenirs begraben. Manchmal schaffte er es auch noch, das kalte Büffet auf dem Boden zu verteilen, und wenn er besonders gut in Form war, ging ein ganzes Porzellanservice in die Brüche. Die Leute liebten Gurewitsch, und er liebte seine neue Arbeit, aber das Ganze war natürlich trotzdem ein einziges Mißverständnis.

Fellatio

Noch nie hatte Soskin einer Frau erlaubt, sein Glied in den Mund zu nehmen. So sehr er sich danach sehnte, so groß war seine Angst, er könnte es mit einer Verrückten zu tun bekommen, die dazu imstande wäre, seinen Schmendrik abzubeißen und – Gott behüte! – auch noch zu verschlingen.

Aber als Soskin mit vierundvierzig Jahren endlich heiratete, hielt er es nicht länger aus. Wenn ich ihr nicht trauen kann, wem sonst?, dachte er in der Hochzeitsnacht und drückte Ilanits Kopf, der auf seiner Brust lag, sanft in die Tiefe. Die Braut verstand den Wink sofort. Nachdem Soskin sehr schön und sehr laut gekommen war, küßte sie ihn ein paarmal zärtlich auf den Mund, drehte sich glücklich auf die Seite und schlief ein.

Soskin aber lag noch bis zum Morgengrauen wach da, wütend auf sich selbst, sein halbes Leben vergeudet zu haben.

Schicksal

Sokolov, der wie keiner seiner Freunde die Liebe liebte, hatte einen Traum: Er wollte einmal eine Frau treffen, die nicht nur klug wäre, sondern auch noch einen Klassehintern hätte. Natürlich wünschte er sich einiges mehr: Endlich mal einen besseren Goldpreis, Kinder, die nicht nach seiner Ehefrau Donna kämen, oder daß es Bibi Netanyahu niemals gegeben hätte – aber die Sache mit dem Arsch war ihm dann doch am wichtigsten.

Eines Abends wäre Sokolovs Wunsch fast in Erfüllung gegangen. Er war lange in der Firma gewesen und wollte sich noch ein bißchen entspannen, bevor sie zu Hause gleich wieder wie die Heuschrecken über ihn herfallen würden. Also machte er einen kleinen, unverbindlichen Spaziergang durch das neue Loveland in der Kaiserstraße, wo er nach einigem Hin und Her eine gewisse Coco kennenlernte, die in Wahrheit Agnieszka-Agata Wybworzcowa hieß. Sie kam aus Warschau, hatte Neu- und Althellenistik studiert und wußte nicht, daß ihr Urgroßvater Herschel der einzige litauische Wunderrabbi war, der nie ein Wunder vollbracht hatte.

Agnieszka-Agata hatte natürlich einen herrlichen Popo, und auch sonst fand Sokolov sie sehr sympathisch. Sie war zärtlich und tolerant und beendete nicht wie Donna jeden Satz mit »Hab' ich nicht recht, Stinkie?«. Darum dachte Sokolov auch kurz darüber nach, ob er nicht mit ihr durchbrennen sollte. Hätte er es bloß getan! Das große, unergründliche, wankelmütige Schicksal hatte für

Agnieszka-Agata und ihn nämlich eine Liebesgeschichte vorgesehen, die so gut und rein gewesen wäre wie die Nudelsuppe seiner Tante Assja aus Zfad. Aber im letzten Moment überlegte es sich das Schicksal – oder war es vielleicht Sokolov selbst? – dann doch wieder anders. Und so fuhr Sokolov nach einem kurzen Erholungsschlaf zwischen Agnieszka-Agatas warmen, kräftigen Schenkeln nach Hause zu Donna und den Kindern und fragte sich die nächsten sechsundvierzig Jahre lang fast täglich, ob Donnas Figurprobleme nur biologischer Natur waren – oder ob sie aus reiner Boshaftigkeit jeden Tag fetter und fetter wurde.

Gas

Warum?, dachte Altarass, Frankfurts härtester Immobilienhändler, als er im November 1991 zusammen mit drei zitternden irischen Nonnen im Keller des Tel Aviver Dan-Hotels saß und sich vor Angst in die Hosen machte. Warum habe ich bloß auf meinen Partner Gili gehört, der gesagt hat, jetzt ist die beste Zeit, in Israel zu investieren? Altarass hörte draußen die irakischen Scuds pfeifen, er hörte Explosionen, die immer näherkamen, und dann hielten sich auch noch die Nonnen wie auf ein Kommando die Nasen zu, und Altarass dachte irre lächelnd, so kann man sich natürlich auch gegen Saddams Giftgas schützen. Daß das Gas aber von ihm selbst stammte, aus seiner eigenen Produktion sozusagen, begriff Altarass erst hinterher – nachdem die Nonnen und er den versiegelten Raum gesund in Richtung Hotelbar wieder verlassen hatten. Natürlich war er darüber sehr froh, aber es half ihm auch nicht gerade dabei, sich später an diesen schwärzesten Moment seines Lebens wirklich gern zu erinnern.

Der Übersetzer

Weinreb, der Übersetzer, hatte die Angewohnheit, beim Übersetzen ganze Absätze und Seiten zu redigieren oder auch völlig umzuschreiben, weil er fand, er könne sich sehr viel besser und klüger ausdrücken als die Autoren, mit denen er zu tun hatte. Es überrascht darum nicht, daß Weinreb kaum Aufträge bekam. Und es verwundert noch weniger, daß Weinreb aus Geltungssucht und Langeweile eines Tages auf die Idee kam, Adolf Hitlers »Mein Kampf« ins Hebräische zu übertragen.

Zwei lange Jahre quälte sich Weinreb, unterbrochen von immer neuen Schwindelanfällen und Gastritis-Attacken, denn bei einem Buch wie diesem konnte er natürlich kein Wort so lassen, wie es da stand. Dafür war es hinterher ein Kinderspiel, das Manuskript an einen israelischen Verleger zu verkaufen, und zwar gleich an den ersten, den Weinreb ansprach. Der hatte sich bisher vor allem mit Kochbüchern für Hunde, Scharfschützen und Schoah-Überlebende einen Namen gemacht. Darum wollte er sich auch nicht die Gelegenheit entgehen lassen, der Hitlerforschung eine neue Wendung zu geben und dieses bisher unbekannte Buch des Braunauers, das den überraschenden Titel »Sorry, Surele« trug, in großer Auflage und mit viel Werbung herauszubringen.

Zwar flog sofort nach dem Erscheinen von »Sorry, Surele« Weinrebs Fälschung auf und ein unbeschreiblicher Skandal wirbelte die israelische Verlagsszene durcheinander. Doch Weinreb blieb in allen Interviews, die er geben mußte, bei seiner durch nichts zu erschütternden Ansicht, er habe diesen Hitler völlig zu Recht umgeschrieben.

Kongo

Brody war gern bei der Bundeswehr. Er durfte als einziger in der Kompanie ausschlafen, das Frühstück – Tee Wyssotzki, Matze Crunchies und »Lubawitscher Daily« – wurde ihm vom Unteroffizier persönlich ans Bett gebracht. Und während die anderen durchs Unterholz krochen oder zum tausendsten Mal ihre Waffen auseinandernahmen, saß er gemütlich in der Stube und diskutierte mit Oberstleutnant Treskow das Prinzip der Ich-Ethik bei Martin Buber. Bei Besuchen von Politikern stand er immer ganz vorn, und wenn sie von Treskow wissen wollten, wer dieser kleine bärtige Mann mit Kaftan, Schläfenlokken und einer alten El-Al-Snacktüte in der hinteren linken Hosentasche sei, flüsterte Treskow: »Das ist Brody, für uns Mahnung, Erinnerung und Warnung zugleich.«

Hätte sich Treskow doch seiner eigenen Worte erinnert, als er die Liste der Freiwilligen für den Kongo zusammenstellte! Aber er wollte auf keinen Fall das so kostbare Leben von Brody im Irrenhaus von Ituri aufs Spiel setzen, wo schwerbewaffnete Siebenjährige in Stöckelschuhen und Rastaperücken so taten, als hätten sie noch nie vom Nürnberger Tribunal und dem Internationalen Gerichtshof von Den Haag gehört. Einer von ihnen trat auch noch in der Innenstadt von Bunia Oberstleutnant Treskow aus Versehen auf den Fuß. Ein Wort gab das andere, und eine halbe Stunde später hatten Treskow und seine Leute mit diesen gottverdammten Kindersoldaten ein für alle Mal aufgeräumt.

Am nächsten Tag richtete Treskow – wie schon zwölf andere seiner nahen männlichen Verwandten vor ihm – sich selbst. Der Abschiedsbrief, auf den seine Walther glitt, war kurz. »Ach, Brody«, lautete er, »warum ist Geschichte eine solche Last?« Brody schrieb Treskow sofort zurück. Die kongolesische Post hat seinen Brief natürlich verbummelt.

Staatsbesuch

Gawrilovitsch hatte es endlich geschafft. Nach dreißig Jahren des Kämpfens, Leidens und Intrigierens war er der erste jüdische Bundeskanzler geworden, und jetzt war er unterwegs zu seinem ersten Staatsbesuch. Gegen ein Uhr mittags begann der Pilot mit der Landung. Unten rollte man den roten Teppich aus, die Militärkapelle probte ein letztes Mal die beiden Nationalhymnen. Die Kanzlermaschine setzte sicher auf, und die Gangway wurde herangefahren. Gawrilovitsch trat, ein wenig nervös, aus dem Flugzeug. Einundzwanzig Salutschüsse wurden zu seinen Ehren abgefeuert, worauf Gawrilovitsch getroffen zu Boden sank.

Zwei Celan-Gedichte

Wasserstein, der Theaterregisseur, der als Wahlmann der CDU in der Bundesversammlung saß, war außer Paul Spiegel, der es aber nie zugab, der einzige im Berliner Reichstag gewesen, der es gehört hatte. »Mein Amt ist für alle da, es allen recht zu machen, ist aber nicht möglich«, sagte der neugewählte Präsident in seiner Dankesrede laut und deutlich. Doch dann fügte er, indem er die Lippen stumm bewegte, hinzu: »Und schon gar nicht den Juden!«

Aber das war Wasserstein auch schon egal. Zum einen hatte der Präsident natürlich völlig recht. Zum andern war Wasserstein sowieso eine Stunde vorher vom christdemokratischen Gruppenzwang abgewichen. Es war in der Wahlkabine gewesen, als ihm plötzlich eine ausgesprochen doppeldeutige Bemerkung seines Kandidaten zur jüdischen Herkunft eines sehr wichtigen und sehr sympathischen amerikanischen Regierungsmitglieds einfiel, worauf er den Stimmzettel spontan mit einem Davidstern ungültig machte.

Was Wasserstein nicht wußte: Vier Jahre später sollte der Präsident einem in seiner Brutalität fast schon wieder komischen Anschlag zum Opfer fallen – und es war kein anderer als er, Wasserstein selbst, der an seinem Grab im Namen und Auftrag des Zentralrats deutscher Juden mit sehr viel Aplomb zwei Celan-Gedichte rezitierte.

Bitburg

Staatssekretär Weisman war der einzige Jude, der zum Troß von Bundeskanzler Helmut Kohl gehörte, als der vor Jahren mit dem amerikanischen Präsidenten Ronald Reagan auf dem Waffen-SS-Friedhof in Bitburg Händchen hielt und hinterher auch noch in kleiner Runde Witze über Menachem Begins Brille machte. Das tat Weisman zwar weh – aber zumindest lernte er bei der Gelegenheit den amerikanischen Handelsminister kennen.

Weismans Schwiegervater Mendel, der eine pharmazeutische Fabrik in Hanau hatte und schon bald von der neuen Bekanntschaft des Schwiegersohns geschäftlich profitierte, erzählte später – von Freunden auf das Zustandekommen seiner amerikanischen Kontakte angesprochen – immer ehrlich die ganze Geschichte. »Nicht jede Sache hat ihre zwei Seiten«, sagte er jedesmal zum Schluß, »aber diese schon, obwohl es für die Voreingenommenen unter euch so aussieht, als ob die eine überwiegt.«

Grass

Weniger als eine Sekunde nach seinem Tod fand sich der Dichter Katzenstein in der Hölle wieder. Katzenstein hatte zwar das Getto von Lodz, Treblinka und seine ewig aus dem Mund riechende Frau Scheindel überlebt, aber er hatte es trotzdem nicht anders verdient. Seine Gedichte, in denen sich auf Geld immer Held reimte und auf Hitler Kitzler, waren für das jüdische Volk eine noch größere Schande gewesen als die Ermordung von Jitzchak Rabin oder die Figur von Monica Lewinsky.

Die Hölle sah aus wie das Besprechungszimmer eines modernen Unternehmens. Katzenstein mußte allein an einem langen Tisch Platz nehmen und mehrere Jahre warten. Die Qualen, die er dabei ertrug, waren unvorstellbar. Sie gaben ihm nichts zu lesen, und schreiben durfte er auch nicht, schon gar nicht Gedichte. Schließlich kam jemand, der genau wie Katzensteins Ehefrau Scheindel aussah, und sagte: »So, und jetzt wirst du mit Günter Grass über die deutsche Schuld diskutieren!«

»Was gibt es da zu diskutieren?« erwiderte Katzenstein verzweifelt, doch da wurde Günter Grass bereits hereingeführt – von zwei weiteren finsteren Gestalten, die Scheindel aufs Haar glichen.

Noch bevor Katzenstein etwas sagen konnte, begann Günter Grass zu schreien: »Ich bereue, seit ich fünfzehn bin! Ist das nicht genug? Ist die Hölle etwa auch in jüdischen Händen?«

Daraufhin wurde er sofort wieder weggebracht, und

Katzenstein blieb wieder ein paar Jahre allein. Als er vor Langeweile nicht mehr ein noch aus wußte, ging die Tür auf, und Günter Grass stolperte herein.

»Ach«, sagte Katzenstein ehrlich erstaunt, »ich dachte, man hätte Sie laufen lassen.«

»Nein, leider«, sagte Günter Grass traurig. »Irgendeiner hier unten hat meine Bücher jetzt noch einmal richtig gelesen.«

Das Ende

Lapin, der Schriftsteller, hatte die ganze Nacht gearbeitet. Als er nach einem kurzen, tiefen Erholungsschlaf den Computer wieder anmachte, stellte er erstaunt fest, daß die letzten sieben Seiten seines Romans in einer Sprache verfaßt waren, die wie Ungarisch oder Finnisch klang, und vielleicht handelte es sich dabei auch um einen seltenen Delphindialekt. Träume ich oder bin ich noch wach?, fragte sich Lapin verzweifelt. Die Antwort auf diese Frage gab ihm das Leben selbst: Von diesem Tag an verstand er kein Wort mehr von dem, was er schrieb, und seinem Publikum ging es genauso.

Gene

Abeles hatte drei Kinder, eins mißratener als das andere.

Gadi, genannt auch der Doofe, war schon fast erwachsen, schlief aber noch immer zwischen Abeles und seiner Frau im Ehebett und sang sich selbst mit alten sefardischen Liebesliedern in den Schlaf. Ziza, die Zweitälteste, träumte seit ihrem zwölften Geburtstag von einer Fesselparty mit »zwei großen, tätowierten deutschen Hengsten«, wie sie jeden Schabbat der Familie verzweifelt erzählte, und daß sie gerade erst dreizehn geworden war, ließ sie auch nicht als Einwand gelten. Und dann war da noch der achtjährige Dudi, der bereits drei Romane, einen Gedichtband und drei Theaterstücke veröffentlicht hatte, in denen es meistens um sein kompliziertes Vaterverhältnis ging. Wenn nicht, dann ging es um sein kompliziertes Mutterverhältnis. Manchmal ging es in seinen Büchern auch um gar nichts, und die verkauften sich besonders gut. Gerade plante der kleine Scheißer seine Memoiren. Den Titel erzählte er schon in allen Talkshows herum: »Papa pischt immer daneben«.

Abeles hatte schon lange genug von seinen Kindern. Von »seinen« Kindern? Je mehr er darüber nachdachte, desto klarer wurde ihm, daß sie mit ihm soviel zu tun hatten wie die Spieler von Hapoel Haifa mit Fußball oder seine Frau Bella mit einer anständigen Bikinirasur. Überhaupt Bella. Sie wollte fast nie, und wenn doch, legte sie dabei Patiencen, telefonierte mit ihrer Mutter oder sagte, von der Ekstase überrascht, plötzlich nicht mehr »Du

Blödmann« zu Abeles, sondern »Oh du mein geiler Liebling!« Das hätte Abeles natürlich schon vor langer Zeit stutzig machen sollen, vor allem, weil sie hinterher jedesmal »Danke, Kostas« flüsterte, und der einzige Kostas, den Abeles kannte, war nicht er selbst, sondern der schwachsinnige Gemüsehändler unten bei ihnen im Haus, auch genannt Kostas die Zitrone.

Die Sache war klar. Gadi, Ziza und Dudi, diese drei kleinen Bestien, waren also von Kostas der Zitrone. Abeles mußte es nur noch beweisen, und dann wäre er auf einen Schlag alle los: die drei kleinen Bestien, Bella, ihre Mutter, ihre debile Tante Jentl aus Kaschau, die andere debile Tante Jentl aus Pardes Hana, und dann gab es noch die debile Tante Jentl in New Jersey, die zwar schon seit Jahren tot war – sie aber ein zweites Mal für immer zu verlieren, hätte Abeles wirklich sehr viel Spaß gemacht.

Und warum hat Abeles am Ende doch nicht Gadi, Ziza und Dudi nachts ein paar Haare abgeschnitten und heimlich ans Genlabor geschickt, um endlich die ganze befreiende Wahrheit zu erfahren? Er weiß es selbst nicht so genau – aber er hat es bis heute nicht bereut.

Der Messias

Als Blonstein, der Alt-68er, der früher in Frankfurt am liebsten genau die Häuser besetzte, die seinem Vater gehörten, das erste Mal in Jerusalem war, dachte er plötzlich, er sei der Messias. Die Einsicht kam ihm morgens beim Pinkeln. Darum rannte er, so wie er war, auf die Straße und rief so lange auf deutsch: »Die Guten nach rechts, die Schlechten zum Teufel!«, bis er verhaftet und ins Hadassa-Krankenhaus eingeliefert wurde. Dort wurde er wegen des sogenannten Jerusalemsyndroms behandelt, das jedes Jahr hunderte von Israeltouristen bekommen, vor allem die, die nie Sex haben.

Blonstein war aber wirklich der Messias. Als er schließlich entlassen und von einer gutgebauten Flugschwester der Barmer Ersatzkasse nach Deutschland zurückgebracht wurde, war er allerdings noch so voll mit Psychopharmaka, daß er froh sein konnte, geradeaus gehen und sehen zu können. Also ließ er das Jüngste Gericht erst mal sein und konzentrierte sich auf seine Gesundheit. Nachdem es ihm wieder besserging und er ein zweites Mal das Weltende in Angriff nehmen wollte, fiel ihm leider in der Freßgasse eine verirrte nordkarelische Gänseschnepfe auf den Kopf. Wieder mußte er ins Krankenhaus, und kaum war er gesund, rutschte er in der Badewanne aus – und hier muß man eigentlich gar nicht mehr weitererzählen. Blonstein hatte jetzt endgültig genug von seiner göttlichen Mission, und er wurde den Eindruck nicht los, daß der, der ihn losgeschickt hatte, genauso dachte. Darum fing er endlich in der Firma seines Vaters an, und zwar mit großem Erfolg – vor allem die Idee mit den Asylanten, den Abrißhäusern im Gallusviertel und dem Notfonds des Ausländeramtes war ziemlich genial gewesen.

Jahre später, nachdem Blonstein mit der Neubebauung des Berliner Alexanderplatzes und einem Großauftrag des Sultans von Brunei einer der zehn reichsten Männer Deutschlands geworden war, saß er zwischen zwei Terminen in der Bar des Frankfurter Hofs und erinnerte sich wehmütig an die alten Zeiten. Gleich zweimal in seinem Leben hatte er also versucht, die Menschheit zu retten, zuerst als Marxist, dann als Messias. Jetzt dachte er daran, wie herrlich das damals war, ständig diese innere Unruhe, dieses Feuer und diesen unbestechlichen Gerechtigkeitssinn in sich zu spüren. Aber wie schön war es andererseits auch, das Eis in seinem Glas klirren zu hören, an seiner roten Benson & Hedges zu ziehen und die Gedanken schweifen zu lassen. Reich, glücklich – und nur der Herr seiner selbst.

Jugend

Katzenstein und Liora verbrachten als Spielkameraden eine glückliche Kindheit miteinander. Dreißig Jahre später trafen sie sich wieder. Liora war geschieden und Mutter eines süßen neunjährigen Töchterchens. Katzenstein, immer noch Junggeselle, war erfolgreicher Kunstkritiker geworden und hatte ab und zu melancholische Schübe.

Liora gab Katzenstein zu essen und zu trinken und machte sich dann aus Sentimentalität an seinem Hosenschlitz zu schaffen. Sie mußte zwar nicht lange suchen, aber Katzenstein hätte trotzdem viel lieber mit ihrer Tochter Jenny Hoppe-Hoppe-Reiter gespielt.

Penelope

Der schüchterne und von allen gefürchtete Schriftsteller Marmorek schrieb mit siebenundvierzig Jahren seinen ersten Liebesbrief. Er schrieb ihn an Penelope, die schöne, ernste Griechin, mit der er sich seit Monaten heimlich traf und die ihm beim Abschied jedesmal sagte, sie müsse bei ihrem Mann Dimitri bleiben, denn das zwischen ihnen sei mehr als Liebe. Ohne sich den Brief noch einmal durchzulesen, schickte Marmorek ihn, ergriffen von seinen eigenen Gefühlen, sofort ab. Weil er danach aber nie wieder etwas von Penelope gehört hatte, fragte er sich noch lange, ob es nicht doch zu aufdringlich war, Penelope zu schreiben, für sie würde er sogar seinen Glauben wechseln. Vielleicht hätte er sich aber einfach nur die Abschiedsformel »Nächstes Jahr in Thessaloniki« schenken sollen.

Jahre später traf Marmorek Penelope beim ZJD-Ball im Holiday Inn wieder. Sie hatte sich von Dimitri scheiden lassen und war jetzt mit Avi Goldstein verheiratet. Während Marmorek den beiden wütend beim Tanzen zusah, schwor er sich, den nächsten Liebesbrief, sollte er je wieder einen schreiben, unbedingt von seinem Freund und Lektor Heinrich Müller-Ühl Korrektur lesen zu lassen. Mit seinen Geschichten und Romanen machten sie es schließlich auch immer so, und die waren bei den Gojim bis jetzt alle ohne Ausnahme sehr gut angekommen.

Der Untergang

Pinkerfeld sah schon als kleiner Junge wie Adolf Hitler aus. Eigentlich sah er gar nicht wie Hitler aus, aber er benahm sich so.

Wurde er vom Lehrer etwas gefragt, was er nicht wußte, sprang er auf und hielt eine kleine Rede gegen das Weltjudentum. Daraufhin durfte er sich ganz schnell wieder setzen, und eine gute Note bekam er auch noch. Er aß wie der berühmte Deutsche kein Fleisch, jedenfalls nicht zu Hause, denn die Steaks und Schnitzel seiner Mutter waren so zäh, daß man mit ihnen hätte Dresden bombardieren können. Und weil ihn die scharfe, blonde Orna Bernstein nie ranließ, mußte sein bester Freund Micky Kaspi mit ihm immer »Der Führer besichtigt die Frauenwaschräume von Theresienstadt« spielen.

Als Erwachsener sah Pinkerfeld dann wirklich wie der deutsche Diktator aus, aber jetzt litt er darunter. Gut, er hätte sich natürlich nicht diesen Schnurrbart wachsen lassen und die Haare immer so platt auf die Stirn kämmen müssen. Aber das war noch lange kein Grund, ihm bei der Paßkontrolle in Tel Aviv die Einreise zu verweigern. Und daß ihn die Kellner von der Osteria mit zusammengeschlagenen Hacken und erhobenem Arm begrüßten, war ihm auch nicht wirklich recht, vor allem wegen der anderen Gäste.

In der Osteria bekam er dann eines Tages von Micky Kaspi das Angebot, in dessen neuestem Film Adolf Hitler zu spielen. Der Film hieß »Der Untergang« und handelte davon, wie unklug es von Hitler war, nicht nur den Krieg zu verlieren, sondern sich danach auch noch umzubringen. Micky war ein erfolgreicher Filmproduzent geworden, und Pinkerfeld stand immer noch im Pelzladen seines Vaters, und es war eigentlich die Chance seines Lebens. Er zierte sich trotzdem. »Orna spielt auch mit«, sagte Micky, »wenn du willst – Eva Braun!« Pinkerfeld nickte.

Beim Drehen lief alles sehr gut. Pinkerfeld hatte inzwischen sogar gelernt, wie Hitler zu sprechen, er selbst nannte es den »Bürgerbräu-Sound«. Das ganze Team erstarrte, wenn er im Bürgerbräu-Sound Göring beschimpfte, Blondie lobte oder bloß fragte, ob der letzte Take okay war. Und als er und Orna am letzten Drehtag heimlich im Führerbunker die judäische Schaukel machten, bat Orna ihn, ihr im Bürgerbräu-Sound Anweisungen zu geben, und endlich kam sie einmal.

Pinkerfeld ist heute einer unserer bekanntesten Schauspieler. Er spielt zwar immer nur Hitler, aber das ist bestimmt besser, als Pelze zu verkaufen. Neulich hat sich Pinkerfeld sogar mit ein paar klugen, jungen Männern von der Deutschen Aktionspartei getroffen. Sie wollten von ihm wissen, ob er nicht ihr nächster Spitzenkandidat werden will. Pinkerfeld wird es sich noch überlegen.

Nachbarn

Der strenge, weißhaarige Chirurg, der Lasker in der Notaufnahme der Müllerschen Augenklinik sagte, er solle nächstes Mal beim Teetrinken doch einfach den Löffel aus der Tasse nehmen, kam Lasker sehr bekannt vor.

»Dieter?« sagte Lasker ungläubig und sah ihn durchdringend mit seinem gesunden Auge an.

»Moische?« erwiderte der andere überrascht.

»Seit wann haben wir uns nicht mehr gesehen, alter Nachbar?«

»Keine Ahnung«, sagte Dr. Vitzthum beleidigt, »jedenfalls hast du damals nicht einmal auf Wiedersehen gesagt.«

»Aber Dieter«, sagte Lasker, »wir wurden doch mitten in der Nacht deportiert!«

»Ja, entschuldige, du hast natürlich vollkommen recht«, sagte Dr. Vitzthum langsam, aber wirklich überzeugend klang es trotzdem nicht.

Voodoo

Silberzweig, der Computerspezialist, ahnte nicht, wie sehr ihn seine neue Bekannte Nomi begehrte. Sie hatte fest vor, zuerst ihn und dann sich selbst mit einem großen Fleischermesser umzubringen, sollte er sie zurückweisen. Nomi hatte das Messer bei jeder Verabredung, zu der sie den zerstreuten und liebenswürdigen Silberzweig überreden konnte, in ihrer Chanel-Handtasche. Wann immer sie glaubte, Silberzweig könnte ihr gleich einen Kuß oder eine Umarmung verweigern, öffnete sie unauffällig die Handtasche und streichelte – die Beschwörungsformel »Ich will, weil ich muß« flüsternd – den schwarzen Plastikgriff des Messers.

Der Zauber wirkte offenbar, denn Nomi bekam, was sie wollte. Als sie in der Hochzeitsnacht mit Silberzweig das erste Mal ihre neue Wohnung betrat, ließ sie, während er sofort zu seinem Mac stürzte, das Messer zur Sicherheit in die Besteckschublade ihrer Bulthaup-Einbauküche gleiten. Später passierte es immer wieder, daß sich Silberzweig beim Brot- oder Wurstschneiden mit Nomis Messer verletzte, und sie überlegte tagelang verzweifelt, ob das nur an seiner Zerstreutheit lag oder ob das Messer vielleicht wirklich magische Kräfte hatte und dieser verdammte Idiot sie gerade nicht so liebte, wie er sollte. Am Ende hielt Nomi das ewige Grübeln nicht mehr aus. Lächerlich, dieser Voodookram, dachte sie und warf das Messer zu ihrer großen Erleichterung einfach weg.

Als Silberzweig eine Woche später mit ihrer minderjährigen Nichte Sunny durchbrannte, schaute Nomi ganz schön dumm aus der Wäsche.

Tyrannenmord

Pomeranzblum, der Historiker, träumte seit Jahren davon, einmal selbst in die Geschichte einzugehen. Die Gelegenheit dazu bekam er schließlich am Tag der offenen Tür im Bundeskanzleramt, den der bekannte Rechtspopulist Schneider-Hennerlein nutzte, um schon mal den Ort seines späteren Wirkens kennenzulernen. Er kam natürlich inkognito und trug zur Tarnung einen Kaftan und eine Rabbi-Schneerson-Perücke. So war er unten an den Sicherheitsleuten vorbeigekommen, und so schüttelte er dem Bundeskanzler die Hand, der – ohne zu wissen, wen er da vor sich hatte – beim Anblick dieser seltsamen Gestalt dachte: »Was für eine seltsame Gestalt…«

Pomeranzblum war der einzige, der Schneider-Hennerlein erkannte. Als er dann sah, daß der heimlich auf dem Balkon des Kanzlerzimmers den römischen Gruß übte, trat er kurzentschlossen hinter ihn und gab ihm einen ordentlichen Stoß, der die Bestie Schneider-Hennerlein über das Balkongeländer beförderte und in die vielversprechende Tiefe von mindestens acht Metern stürzen ließ.

Leider überlebte Schneider-Hennerlein den Sturz, und kurz nachdem er drei Jahre später Reichskanzler wurde, durfte Pomeranzblum als erster Häftling das wiedereröffnete Konzentrationslager Dachau einweihen. Dort sitzt er seitdem in einer lichtlosen Einzelzelle, memoriert im Geist seinen Lebenslauf, tauft die Ratten, die um seine Knöchel streichen, auf die Namen der Minister aus Schneider-Hennerleins Kabinett – und fragt sich pausenlos, ob er trotz des mißglückten Attentats vielleicht doch eines Tages in die Schulbücher kommen wird.

Soviel sei jetzt schon verraten: Ja – aber es werden nicht die Schulbücher sein, die man als Gegner Schneider-Hennerleins seinen Kindern gerne zum Lesen gibt.

Den Haag

Was machte Ferfel vor dem Menschenrechtstribunal in Den Haag? Nichts Besonderes eigentlich. Er saß hinter einer schußsicheren Glasscheibe, zählte die Haare in den Nasenlöchern des Richters und hörte seiner Ehefrau Ada dabei zu, wie sie gegen ihn aussagte. Dann kamen seine Töchter Golda, Rosa und Lola an die Reihe, dann die Eltern und Schwiegereltern, dann Dr. Begleiter, sein Proktologe, und der kleine alte Giftzwerg, bei dem Ferfel jeden Morgen die Zeitung und eine Rolle Atemfrisch kaufte, durfte auch in den Zeugenstand.

Sie sagten alle dasselbe. Sie sagten, Ferfel sei geizig, hysterisch und lasse einen nie ausreden, er rieche wie eine alte Wolldecke und habe die Angewohnheit, beim Essen kleine Brotkügelchen durch die Gegend zu schnippen. Wenn er niese, halte er sich zwar die Hand vors Gesicht, wische sie aber später an der Wange seines Gegenübers ab. Außerdem fange er mit jedem vietnamesischen Gemüsehändler, der kleiner ist als einsfünfzig, Streit an, und Geschenke wolle er immer am nächsten Tag wieder zurückhaben.

Ob er etwas zu seiner Verteidigung zu sagen habe, fragte der Richter Ferfel zum Schluß. Eigentlich nicht, erwiderte Ferfel. Er frage sich nur, ob das hier der richtige Ort sei, um über diese Dinge zu sprechen. Für diese Bemerkung bekam er vom Richter noch zwei Monate mehr wegen Mißachtung des Gerichts aufgebrummt, und als er rausgeführt wurde, brachten sie gerade wieder Slobodan

Milosevic rein. »Armer Teufel«, dachte der Serbenführer bei Ferfels Anblick, »mir hat es zumindest Spaß gemacht, unausstehlich zu sein.«

Jud Süß

Vielleicht hätte Ehrenstein, der Physiker, doch keine Zeitmaschine bauen sollen.

Zuerst beförderte sie ihn ins Jerusalem des Jahres 33, wo er zusammen mit einem Dutzend anderer unrasierter Juden zu einem so schlechten Abendessen eingeladen war, daß der Unrasierteste von ihnen allen beim Rausgehen mit einem leisen Rülpser sagte: »Das werde ich nicht überleben, Leute!«

Dann mußte Ehrenstein gegen Torquemada, den Großinquisitor, jüdisches Poker spielen und – obwohl jede Runde an ihn ging – am Ende trotzdem zum Christentum konvertieren.

Am unwohlsten fühlte sich Ehrenstein aber am Hof des Prinzen von Württemberg, wo es erstens keine Toiletten, zweitens kein koscheres Geschirr und drittens einen gewissen Josef Süß Oppenheimer gab, den Finanzberater des Prinzen. Der wollte mit Ehrenstein ständig darüber reden, wie schwer es sei, eine jüdische Ehefrau zu finden, die nicht nach dem ersten Kind einen Arsch bekäme, der so groß war wie der Zweite Tempel.

Jud Süß, wie dieser schreckliche Mensch auch genannt wurde, begann Ehrenstein erst dann ein bißchen leid zu tun, als die bekloppten Württemberger beschlossen, ihn für ihr ganzes Unglück verantwortlich zu machen. Es war auch nicht schön mitanzusehen, wie der Prinz, der Chef von Jud Süß, am selben Tag aufhörte, seinen Finanzrat zu grüßen. Und richtig häßlich war die Szene, als sie alle zusammen Oppenheimer im Hof des Schlosses an den Beinen verkehrt herum aufhängten – und statt der erhofften Millionen Golddukaten nur ein angegessenes Stück Halva und eine Packung extrem dünner japanischer Präservative aus seinen Taschen herausfielen.

Ehrenstein hat seitdem nie wieder seine Zeitmaschine bestiegen. Zerstört hat er sie aber auch nicht. Sollten die Gojim eines Tages ihn für alles Unglück dieser Welt verantwortlich machen, würde er es riskieren und schnell wieder in ein anderes Jahrhundert reisen. Es konnte doch nicht immer und überall dieselben Idioten geben!

Fußball

Natürlich freute sich Blaufarb, der geniale Mittelfeldregisseur von Makkabi Berlin, daß er als erster Jude nach dem Krieg in der deutschen Nationalmannschaft bei einer WM mitspielen durfte. Mitspielen war am Ende aber vielleicht doch zuviel gesagt. Bis zum Finale hatte er kein einziges Mal den Ball berührt. Beim Training mußte er allein um den Fujiama laufen, und wenn er endlich zurück war, saßen die andern beim Mittagessen und teilten sich seinen Nachtisch. Und eines Abends hing in Blaufarbs Hotelzimmer ein Transparent, auf dem ganz groß stand: »AUCH SHARON HAT KEINE DREI EIER!« Darunter hatte jemand ganz klein dazugeschrieben: »Man wird doch mal was sagen dürfen …«

Blaufarbs großer Moment kam trotzdem. Als im Finale alle vor Erschöpfung kaum noch den Ball trafen und übers Spielfeld irrten wie Hänsel und Gretel durch den Wald, mußte ihn der Trainer einwechseln. Wie durch ein Wunder bekam Blaufarb sogar den Ball und hämmerte ihn sofort ins linke obere Eck des gegnerischen Tors, und während seine Mannschaft Blaufarbs Golden Goal ohne Blaufarb bejubelte, riß er sich das Trikot vom Körper und sprang mit gefletschten Zähnen vor die nächste TV-Kamera. Das T-Shirt, das er darunter trug, hatte er sich am Tag nach dem Sharon-Transparent-Zwischenfall in Tokio von einem ehemaligen Kamikazeflieger machen lassen, der im Krieg zu blöd für seinen Job war und die USS Roosevelt einfach verfehlt hatte. Auf dem T-

Shirt stand: »JESUS LIEBT DICH NICHT, ARSCHLOCH«.

Welchem Deutschen fiel Blaufarbs T-Shirt nicht auf? Und welcher Deutsche machte daraus eine Affäre? Gar keiner. Alle taten so, als hätten sie nichts gesehen, und Blaufarb, der seit diesem Tag in unseren Geschichtsbüchern als der »Held von Yokohama« geführt wird, ärgert sich bis heute darüber. Einerseits. Andererseits: Von den Deutschen angebetet zu werden, ist natürlich auch nicht das Schlechteste.

Talkshow

Schon als Kapo in Dachau liebte Saperstein den öffentlichen Auftritt. Jeden Abend kletterte er mit letzter Kraft auf die oberste Pritsche der Baracke und unterhielt seine Untergebenen mit kleinen witzigen Monologen über den jüdischen Selbsthaß, die jüdische Prinzessin und den jüdischen Weltkongreß, die sein alter Freund Schlonz heimlich für ihn schrieb und ihm – statt eines Spickzettels – auf die Innenfläche der linken Hand tätowierte. Schlonz war es auch, der ihm den Kontakt zum Chef der Runen Lounge machte, wo Saperstein einmal die Woche vor den Damen und Herren von der Lagerverwaltung in Frauenkleidern Marika-Rökk-Lieder sang. Und bei der Befreiung durch die Amerikaner steppte er aus Dankbarkeit den GIs entgegen, worauf einer von diesen schwarzen Supermännern einem andern überrascht zuflüsterte: »Scheißnazis, Fred Astaire hätten sie auch fast gekriegt!«

Jetzt erst, sechzig Jahre später, saß Saperstein endlich in einem Fernsehstudio. Er machte Werbung für sein schonungsloses Erinnerungsbuch »Ich habe Schlonz für hundert Gramm Brot und einen guten Witz verraten«, und er genoß jeden Augenblick seines öffentlichen Auftritts.

»Wie war das so für Sie, Herr Süßstein«, fragte ihn der Moderator, der genauso aussah wie der IG-Farben-Direktor, mit dem Sapersteins Frau Mimi kurz vor der Währungsreform durchgebrannt war, »wie war es, Ihren besten Freund zu verraten?«

»Saperstein«, sagte Saperstein und begann zu weinen.

»Wollten Sie deshalb schon mal selbst Schluß machen?«

»Aber natürlich«, schluchzte Saperstein.

»Und wie fanden Sie die Kraft, weiterzuleben?«

»Kann ich bitte ein Taschentuch haben?«

»Wenn es nicht koscher sein muß, Goldmann.«

»Danke, Herr Obersturmbannführer«, sagte Saperstein mit schmerzverzerrtem Gesicht, aber dann fing er plötzlich an, dreckig zu lachen. »Guter Witz, was?« sagte er augenzwinkernd und hielt sein Buch in die Kamera.

»Noch eine wirklich persönliche Frage, lieber Bleistein«, sagte der Moderator, und es war auf einmal ganz viel Honig in seiner Stimme und eine große, professionelle Zärtlichkeit in seinem Blick. »Tanzen Sie bis heute manchmal in Frauenkleidern?«

»Ich habe da etwas vorbereitet«, sagte Saperstein, »darf ich?«

Und dann sprang er, die ersten Takte von »Di grine kusine« intonierend, auf den Tisch, er riß sich den Anzug vom Leib, und darunter trug er ein kleines Schwarzes.

So wurde Saperstein in Deutschland berühmt – und einer der ganz wenigen Überlebenden, die wir nie vergessen werden.

Goebbels

Eschkeles, der Privatdozent, war ein wunderbarer Stilist, ein unbestechlicher Freigeist – und immer wahnsinnig ironisch. Das fand nicht nur er selbst. Auch seine Eltern, seine Frau Klara und sein Hausarzt Doktor Ukrainsky waren dieser Meinung. Trotzdem hatte Eschkeles noch nicht den großen Durchbruch geschafft. Bis auf einen Forschungsauftrag der IG-Farben-Stiftung – Titel: »Jüdische Selbstbespiegelung 1933–45« – war er noch nie mit seinen Arbeiten den deutschen Lesern aufgefallen und vegetierte deshalb resigniert, aber trotzig inmitten seines Wirtsvolks dahin.

Eines Abends sah Eschkeles Joseph Goebbels im Fernsehen, in einer sehr schönen und stimmungsvollen Arte-Dokumentation über die Bücherverbrennung. Der nationalsozialistische Propagandaminister stand vor einem Haufen brennender Wassermann- und Feuchtwanger-Gesamtausgaben, und gerade als Eschkeles auf seine unverwechselbar sarkastische Art dachte, sie hätten Kishon und Erich Fried ruhig auch noch dazuwerfen können, schrie Joseph Goebbels verzückt: »Heute geht das Zeitalter des überspitzten jüdischen Intellektualismus zu Ende!«

Und da endlich begriff Eschkeles, was hier los war: Die Juden hatten schon vor so vielen Jahren von den Deutschen einen Tritt in den Hintern bekommen – aber einige von ihnen, ihn eingeschlossen, hatten es bis heute nicht gemerkt.

Die Krise

Als der Chefredakteur Ozenfant gestern in die Zeitung kam, bemerkte er zunächst gar nicht, daß sich die Zeitung über Nacht in ein äußerst undurchsichtiges Telekom-Unternehmen verwandelt hatte. In den Büros saßen dieselben Leute wie immer, sie telefonierten wie immer seit Stunden mit ihren Freunden im Ausland oder spielten wie immer heimlich Computerspiele. Auch seine Sekretärin, Frau Wadenschnitt, von den mutigeren unter Ozenfants Untergebenen heimlich »Die blutige Wade« genannt, war immer noch da. Sie boxte Ozenfant wie immer zur Begrüßung in den Bauch, worauf er wie immer halb ernst, halb spielerisch salutierte und laut ausrief: »Und jetzt noch eine aufs Kinn, Brigittchen!«

Auch in der ersten Konferenz merkte Ozenfant noch nicht, daß die Zeitung keine Zeitung mehr war. Wie immer hörte er nicht zu, während seine Leute redeten, und wie immer brüllte er sie am Ende der Konferenz so laut an, daß sie kein Wort verstanden. In der zweiten Konferenz schlief er wie immer ein, und als Frau Wadenschnitt ihn weckte, war er allein. Sein Kopf lag auf dem Konferenztisch, und der Speichel, der aus seinem rechten Mundwinkel troff, hatte auf seinen Unterlagen einen interessanten, rohrschachtestartigen Fleck gebildet.

Daß etwas anders war als sonst, begann Ozenfant erst nach dem Mittagessen zu dämmern. Er hatte gerade seine tägliche »Hier kocht der Chef!«-Kolumne zu Ende geschrieben und sich wie immer gefragt, warum er der einzige in der Zeitung war, der das schrieb, was er wirklich dachte, als Frau Wadenschnitt ins Zimmer stürzte und rief: »Seattle ist dran, Chef! Mr. Globelman will Sie sofort sprechen!« Ozenfant kannte zwar keinen Mr. Globelman in Seattle, aber es schien wirklich wichtig zu sein, also nahm er ab. Gleichzeitig jagte er seine kleine Kolumne ins System, und während er zu seiner Verwunderung aus dem Telefonhörer mit einem Schwall unverständlicher englischer Schimpfworte überschüttet wurde, mußte er feststellen, daß das System die Annahme seiner »Hier kocht der Chef!«-Kolumne verweigerte. Statt dessen erschien auf dem Bildschirm ein großes, rot blinkendes Fragezeichen. Darunter hatte jemand auf Englisch geschrieben: »Sie sind wohl verrückt geworden, Ozenfant! Wir verkaufen Telefone, nicht Meinungen!«

Endgültig begriff Ozenfant den Ernst der Lage, als er abends auf dem Nachhauseweg vom Pförtner wie immer die Zeitung von morgen haben wollte. Der sah ihn traurig an und zuckte mit den Schultern, und weil Ozenfant jetzt mit den Nerven völlig am Ende war, tat er etwas, was er nie vorher getan hatte – er fragte einen seiner Untergebenen etwas. »Sie«, sagte er, »was ist hier eigentlich los?« Der Pförtner sah nach links und nach rechts, dann flüsterte er: »AEL, Chef! Wir gehören jetzt AEL...«

Als Ozenfant heute morgen in die Zeitung kam, die keine mehr war, wollte er eigentlich kündigen. Aber wie er dann so dasaß, aus dem Fenster schaute und im Kopf den Text seines Kündigungsschreibens vorformulierte, bekam er plötzlich wahnsinnige Lust, ein Telekom-Unternehmen zu leiten. Er wußte auch nicht, warum.

Die Klage

Warum kam Dudinsky in Hagen Grindels Memoiren vor? Und wieso schrieb der blonde deutsche Sänger, er habe nichts gegen Juden, nur ihr Ding-a-Dong dürfe nicht länger sein als seiner? Dann nannte er Dudinskys kleinen Dudek eine große, haarige Sexmaschine, einen Bagger ohne Räder, eine fleischgewordene Marsrakete, ein singendes Mikrofon, eine Uzi, die Leben schenkt, statt es zu nehmen, usw.

Dudinsky war natürlich geschmeichelt. Es war das erste Mal, daß er in einem Buch vorkam. Außerdem war sein kleiner Dudek gar nicht so riesig, wie der blonde deutsche Sänger behauptete. Daß er es trotzdem tat, konnte nur einen Grund haben: Grindel hatte wohl noch weniger in der Hose.

Wie auch immer, endlich redeten alle über Dudinsky – in der Synagoge, am Freitagabend beim Bridge, samstags im Maredo. Die Männer klopften ihm auf die Schulter, die Frauen machten für ihn heimlich verrückte Zungenspiele, und die Kinder fragten, ob sie mal anfassen dürften. Aber nach ein paar Wochen war wieder alles vorbei. Jetzt war die Schickse vom Kantor das große Thema.

Also beschloß Dudinsky, den blonden deutschen Sänger zu verklagen. Er würde vor Gericht von ihm verlangen, daß er nie mehr über seinen kleinen Dudek schreiben dürfe, er sei eine tragbare Atombombe usw. – und sofort würden wieder alle über ihn reden!

Einen Tag vor dem Prozeß zog Dudinsky aber die Klage zurück. Nicht auszudenken, wenn der Richter ein Gutachten verlangen würde. Dann käme heraus, wie klein sein kleiner Dudek in Wirklichkeit war.

Der Versager

Der große Pianist Klatzman war stolz, Jude zu sein. Doch wann immer er in Gesellschaft wegen der Raffgier der amerikanischen Opferanwälte oder Rafael Seligmans polnischen Tischmanieren angegriffen wurde, schwieg er. Sein Herz begann dann ganz schnell zu schlagen, und er dachte bitter: Ja, jetzt fangt schon an, schlagt mich, brennt mein Haus nieder, vergewaltigt meine Frau. Um trotzdem ein Zeichen seines Widerstands zu setzen, beschloß Klatzman eines Tages, sich von nun an in jedem Konzert mindestens einmal zu verspielen. Aber gleich bei der ersten Gelegenheit versagten seine Nerven. An dem Abend spielte er in der Hamburger Musikhalle Rachmaninoff wie keiner vor ihm. Nach der zweiten Zugabe – einer Klavierfassung der Ouvertüre aus Richard Wagners berühmter Oper »Isaak geht« – bekam er stehende Ovationen, und während er wie berauscht den Applaus entgegennahm, erinnerte ihn nur ein leichter Druck seines Magens an sein ursprüngliches Vorhaben.

11. September

Seidmann, der Architekt, wollte nie wieder ein Haus bauen. Seit sich islamische Fanatiker darauf verlegt hatten, nicht nur Menschenleben zu vernichten, sondern auch Gebäude, hatte er bei jedem Entwurf, den er machte, ein blödes Gefühl. Ihm sollte es nicht so ergehen wie den Architekten des New Yorker World Trade Center, dachte er bitter. Er hatte keine Lust, jahrelang von morgens bis nachts im Büro herumzusitzen und sich ewig mit Bauherren herumzustreiten, nur damit eines Tages irgendein bekloppter Araber angeflogen kam und alles wieder kaputtmachte.

Seidmann wechselte trotzdem nicht den Beruf. Im Gegenteil, er wurde, je mehr ihn das blöde Gefühl bei der Arbeit quälte, umso erfolgreicher. Das gab ihm zu denken. Ist es etwa die Vergänglichkeit des Werks, die es besonders macht?, philosophierte er. Oder sind es die Selbstzweifel dessen, der es erschafft? Eine klare Antwort auf diese Fragen hat Seidmann nie bekommen, aber je länger der 11. September her ist, desto lieber denkt er an ihn zurück.

Abu Ghraib

Tannenboim war ganz schlimm pervers. Keiner wußte, wie sehr, nicht einmal er selbst – bis zu dem Tag, an dem er so furchtbar laut lachen mußte, weil er auf CNN etwas sah, das der Kommentator eine »menschliche Pyramide« nannte.

Die »menschliche Pyramide« waren mehrere nackte irakische Ex-Agenten, die wie Latkes auf einem Teller übereinanderlagen. Auf ihnen wiederum lag eine sehr hübsche Amerikanerin, die wie Susan aus der »Sesamstraße« aussah und genauso sympathisch wirkte. Hinter ihr stand ein weiterer Amerikaner, zwar nicht ganz so gutaussehend, aber seine Zipfelwollmütze, der Saddam-Hussein-Schnurrbart, die blauen Chirurgenplastikhandschuhe – nein, das alles war wirklich sehr komisch. Tannenboim mußte nur in sein rundes, fröhliches Gesicht schauen, und schon bekam er einen neuen Lachanfall.

Dann kam Werbung für das Bin-Laden-Spa in Riad, und Tannenboim dachte: »Wie schade.« Dann dachte er: »Ich bin verrückt geworden.« Und dann dachte er: »Ich muß der Sache nachgehen.« Er setzte sich an den Computer, machte sich einen »Schlechte-Laune-Tee« von Demeter und begann in der Google-Bildbank zu blättern.

Als erstes stieß er auf die Fotos von diesen Amerikanern, aus denen irakische Freiheitskämpfer Kebab gemacht und sie an einer Brücke in Falludscha aufgehängt hatten. Nichts, nicht einmal ein Lächeln erschien auf Tannenboims traurigen, semitischen Lippen. Also versuchte er es mit den Bildern der israelischen Soldaten, die damals in Ramallah von PLO-Friedensaktivisten wie Zigarettenkippen aus dem Fenster geworfen wurden. Wieder nichts. Die Massengräber von Srebrenica. Nichts. KZ-Überlebende in zu großen Anzügen. Absolut gar nichts.

Dann war die Werbung zu Ende, und Tannenboim konnte endlich wieder CNN gucken. Es kamen Breaking News. Topleute des Mossad hatten Yassir Arafat entführt, hatten ihn rasiert, in einen Anzug gesteckt und gezwungen, die Hochzeitsreise mit seiner Frau Suha nachzuholen. CNN hatte exklusiv ein paar Fotos: Arafat und Frau an der Strandpromenade von Rimini, Arafat beim Pizzaessen, Arafat beim Sandburgbauen mit seiner Tochter.

Tannenboim lachte wie ein Verrückter. Ja, er war wirklich ganz schlimm pervers.

Assimilation

Münz hatte Helga – eine stramme, aber nicht unangenehme Deutsche – in einem Straßencafé kennengelernt. Als sie sich zwei Tage später das erste Mal küßten, passierte etwas Seltsames mit ihm: Er wurde, wie von einem Zauberstab berührt, zu einem weißen Fön der Marke Braun und drang, ohne lange zu zögern, in die Geliebte ein. Das wiederholte sich immer wieder und brachte Münz bald auf eine Idee: Er beschloß, seine alte und unerreichte Liebe Esti Schirmfeld zu besuchen. Kaum hatte sie die Tür geöffnet – sie trug ein hellblaues Kleid und weiße Pumps, an ihrem Hals hing ein kleiner goldener Davidstern –, warf er sich auf sie und küßte sie auf den Mund. Aber nichts geschah.

Selbsthaß

Erst drei Tage nach dem Interview mit einem berühmten deutschen Neonazi bemerkte der Journalist Goldstein, daß alle Aufnahmebänder leer waren. Bei Saturn sagten sie Goldstein, an den Bändern könne es nicht liegen, er habe die besten gekauft, und das Diktiergerät sei auch in Ordnung. Trotzdem verschwendete Goldstein keine Zeit damit, sich über die parapsychologischen Fähigkeiten des Neonazis Gedanken zu machen. Lieber schrieb er in einem Zug ein Gedächtnisprotokoll des Gesprächs herunter, wobei er besonders bei den antisemitischen Passagen noch viel genußvoller und schärfer formulierte, als es der Neonazi jemals gekonnt hätte.

Das Interview wurde ein großer Erfolg. Goldstein verkaufte es für viel Geld an drei deutsche, zwei amerikanische und achtundfünfzig arabische Zeitungen. Kurz darauf rief ihn der Neonazi an, um sich bei dem Journalisten für die schöne Zusammenarbeit zu bedanken. Jetzt wollte Goldstein aber doch wissen, was es mit dem Hokuspokus um die leeren Bänder für eine Bewandnis gehabt habe. Ihm sei das so lieber gewesen, erwiderte der Neonazi, wisse er doch, daß in jedem jüdischen Intellektuellen ein Kreisky, Tucholsky und Theodor Lessing stecke. »Man wird von Ihnen noch sprechen, Herr Goldstein«, sagte der Neonazi abschließend, »in Seminaren und Kaffeehäusern, in Verlagen und Buchhandlungen – aber niemals in Rabbinerschulen und Synagogen.«

Nachruhm

Wasserspiel, der Schriftsteller, hätte sehr gern gewußt, ob seine Romane eines Tages den Juden genauso viel bedeuten würden wie die Lieder Salomos, das Buch Hesekiel oder Rambams Traktate.

Er hat es natürlich nie erfahren, aber soviel sei hier schon angedeutet: Hätte er nicht ständig über die Verstopfung seines Vaters, die Orgasmusschwierigkeiten seiner Frau Feidele und den süßen Hintern der achtjährigen Nachbarstochter Emma geschrieben, wären seine Chancen auf Nachruhm wesentlich größer gewesen.

Avantgarde

Als Zwanzigjähriger hatte der Schriftsteller Prager den experimentellen Roman »Levis Locken« geschrieben, der seiner Zeit weit voraus war. Darum wollte ihn kein Verlag drucken, und Prager gab das Schreiben wieder auf. Er wurde Immobilienhändler.

Fünfzehn Jahre später lernte Prager im ICE Ignatz Bubis einen bekannten Verleger kennen, dem er zwischen Hanau und Niederrad die ganze Handlung von »Levis Locken« erzählte. Der Verleger schlief zwischendrin zwar immer wieder ein, bot Prager aber zum Schluß einen sehr guten Vertrag an.

Prager – so kurz vor dem Ziel – kamen Zweifel. Noch in derselben Nacht las er sich den Roman nach langer Zeit wieder durch – und fand ihn schrecklich konstruiert und veraltet. Am nächsten Morgen entschloß er sich trotzdem, das Buch zu veröffentlichen.

»Levis Locken« wurde ein Beststeller, bei uns und im Ausland, er wurde verfilmt, und eine Opernfassung gibt es inzwischen auch davon. Prager, der nie mehr eine Zeile schreiben sollte, verflucht seitdem auf Cocktails und Presseempfängen die Nacht, in der er schwach geworden war.

Kokain etc.

Ringelblum, der Talkmaster, war verrückt nach Drogen. Zum Beispiel Kokain: Wenn er es nahm, stand sein Ding wie eine Uzi, nahm er es nicht, allerdings auch. Oder die Nudelsuppe seiner Mutter: Vor jeder Talkshow mußte er einen Teller davon essen, und schon war ihm egal, daß gleich Millionen deutscher Fernsehzuschauer sechzig Minuten lang darauf lauern würden, daß er sich einmal im Leben versprach. Oder die Sache mit dem Telefonieren. Ringelblum ohne Handy, das war wie Woody Allen ohne Brille, wie Einstein ohne Relativitätstheorie, wie Anne Frank ohne Deportation. Ringelblum telefonierte eigentlich nur nicht, wenn er auf Sendung war, und dann, um genau zu sein, auch.

Schließlich wurde Ringelblum seine Sucht nach dem Süchtigsein zum Verhängnis. Eines Abends saß er mit glasigem Blick und breitem Grinsen in seinem Wohnzimmer und sah sich zum achtundvierzigsten Mal auf Video die »Marx Brothers im Krieg« an, er schlürfte Cherrycola aus der Familienflasche dazu und knackte in einem irren Tempo Kürbiskerne. Gerade als Groucho Mrs. Teasdale in den Hintern zwickte und Ringelblum vor Lachen kaum noch Luft bekam, stürmten acht maskierte SEK-Leute seine Wohnung. Nachdem sie die Cola ausgetrunken, die Kürbiskerne aufgegessen und sich mit ihm zusammen den Film zu Ende angeschaut hatten, verhafteten sie Ringelblum wegen Lachsucht.

Was warf der Staatsanwalt Ringelblum eigentlich noch

vor? Kokain war kein Problem, das nahm er auch. Ringelblums tiefe emotionale Abhängigkeit vom Fernsehruhm war natürlich ein wichtiger Anklagepunkt. Daß er Entzugserscheinungen bekam, wenn er ein paar Wochen in keiner Klatschkolumne auftauchte, war ebenfalls strafrechtlich relevant. Bekam er aber auch deshalb Ärger mit dem Gesetz, weil er süchtig danach war, Jude zu sein und ständig darüber zu reden? Natürlich.

Am Ende mischten sich in den Fall Ringelblum das Wiesenthal Center und der israelische Staat ein, leider ohne Erfolg. Also wurden ein paar Golani-Jungs losgeschickt, um Ringelblum aus der JVA Stadelheim rauszuholen. Als sie vor ihm in seiner Zelle standen, schickte er sie aber weg. »Ich muß endlich gesund werden«, sagte er zu ihnen auf hebräisch, »das versteht ihr doch?«

In zwei Wochen kommt Ringelblum wieder raus. Er hat keine Talkshow mehr, die Klatschreporter pfeifen auf ihn, und er fühlt sich überhaupt nicht mehr als Jude. Dafür geht es ihm jetzt richtig gut.

Die Journalistin

Der Komponist Zuckerman konnte es zuerst gar nicht glauben, als ihm die junge Redakteurin der »Würzburger Nachrichten« sagte, sie könne jetzt doch nichts über ihn und seine neueste Oper »Noa in Goa« schreiben. Ihr Chefredakteur habe ihr vorhin nämlich überraschend erklärt, Juden kämen ihm ab sofort nicht in die Zeitung, das habe er als Bürger des neuen, selbstbewußten Deutschlands nicht mehr nötig.

Sie saßen in Zuckermans Hotelzimmer nebeneinander auf dem schmalen Bett und schwiegen so lange, bis Zukkerman plötzlich mit bebender Stimme ausrief: »Und Sie, Fräulein, werden natürlich trotzdem für diesen Naziarsch weiterschreiben, stimmt's?!«

Die Journalistin schloß traurig die Augen, und Zuckerman schnaubte wie ein kampflustiges Rhinozeros. Als sie dann aber ihren Kopf vorbeugte, Zuckermans Hose öffnete und nicht nur sein Glied, sondern auch noch seine Hoden in den Mund nahm, dachte er: Ich muß unbedingt meinem alten Kumpel Dany Briljant sagen, daß er mit seiner jiddischen Theatergruppe nach Würzburg kommen soll. Dann wird auch er, der alte Pessimist, einmal sehen, daß der Nationalismus noch lange nicht alle Deutschen verdorben hat.

Der Verschollene

Turteltaubs Vater war kein Vater wie jeder andere. Wenn sie früher als Kind mal wieder ein Tennisturnier gewonnen hatte und er stolz auf sie war, sagte er: »Hab' ich dir nicht verboten, mit den Gojim zu spielen?« Dann fing er an, vor Rührung zu weinen, und verriet ihr die Nummer seines geheimen Schweizer Bankkontos. Brachte sie als Teenager ihren Freund nach Hause, schüttelte er ihm so lange die Hand, bis es Nacht wurde und der Junge mit seiner Erektion wieder gehen mußte. Und wollte sie, längst erwachsen, allein ein Wochenende in Paris oder Tarnopol verbringen, folgte er ihr während der ganzen Reise auf Schritt und Tritt.

Die Sache mit dem Beschatten hatte der Alte als Manndecker bei Makkabi Blankenese gelernt. Turteltaub, die Tennisqueen, hängte ihn trotzdem ab. Kaum war sie ihn los, bekam sie ein schlechtes Gewissen und rief ihn auf dem Handy an. »Itzik«, sagte sie mit verstellter männlicher Stimme auf hebräisch, »deine Tochter sitzt in der Lobby vom Henri V. und verabredet sich gerade zu einer kleinen Massagestunde mit dem marokkanischen Hotelpianisten.«

Und dann, eines Tages, war der Alte plötzlich weg. Er ging mittags wie immer ein bißchen ums Alsterhaus joggen und kam nicht zurück. Keiner in der Familie bemerkte sein Verschwinden. Erst am Schabbat, als seine sieben Töchter und die einzige Ehefrau so gelangweilt zusammensaßen wie neulich auf Tante Rivkales Beerdigung, begriffen sie plötzlich, daß etwas anders war als sonst. Der Rest des Abends wurde zu einer rauschenden Party mit Carmelwein und Madeleine-Albright-Imitationswettbewerb. Beim Abschied drückte die Drittgeborene die Erstgeborene aber fest an sich und flüsterte ihr verzweifelt ins Ohr: »Du bist die Älteste, Turteltaub, du mußt den Chef wiederfinden und zurückbringen.« Turteltaub nickte, küßte der Reihe nach die Schwestern, die Mutter, die Mesusa – und kaum war sie draußen, rief sie den Alten auf seinem Handy an.

»Itzik«, sagte sie, »geh wieder nach Hause, sie haben ihren Spaß gehabt.«

»Häh?« erwiderte der Alte und legte auf. Vorher hörte Turteltaub noch im Hintergrund das Kichern der Frau des Rabbiners und das Ploppen eines Champagnerkorkens.

Turteltaub rief ihn in den nächsten Wochen noch ein paarmal an. Er sagte nie mehr als »Huhuhu« oder »Ich kann grad' wirklich nicht!«, und so gab sie es irgendwann auf.

Seitdem sind Monate vergangen. Turteltaub und ihre Schwestern haben sich langsam an den neuen Zustand gewöhnt. Sie haben jetzt Sex, mit wem sie wollen, und wissen sogar, wie man selbst einen Strafzettel bezahlt. Was sie nicht wissen: Der Alte kommt bald wieder nach Hause. Und dann fängt der ganze Ärger von vorne an.

Der Geliebte

Warum war Schlomsky, der Junggeselle, bloß so in den semmelblonden bayerischen Ministerpräsidenten verliebt? Er machte sich nichts aus Männern, und blond war auch nicht gerade seine Lieblingshaarfarbe. Aus Frauen machte er sich allerdings auch nichts – und wer wirklich blond war, das wußten doch nur die, die es wirklich waren.

Schlomsky dachte Tag und Nacht an den bayerischen Ministerpräsidenten. Er stellte sich vor, wie sie zusammen auf dem Motorrad durch die Wüste von Nevada fuhren, er hinten, der blonde Riese vorne, und dazu lief im Off von den Eagles »Hotel California«. Oder sie sonnten sich an einem Bergsee und schauten schweigend in den Sonnenuntergang, und irgendwann lehnte er seinen Kopf gegen die Schulter des Ministerpräsidenten. Oder sie lagen im Ehebett, Schlomsky las einen Frauenroman, der Ministerpräsident studierte seine Akten, und ab und zu warfen sie sich einen zärtlichen Blick zu.

Schlomsky sprach mit keinem über seine heimliche Liebe. Einmal wollte er sich seiner Mutter anvertrauen, aber er wußte schon, was sie sagen würde. »Kommt nicht in Frage«, würde sie sagen, »oder willst du eine Familie zerstören?« Eines Nachts rief er in seiner Verzweiflung einen von diesen telefonischen Seelsorgern an. Aber nachdem er sein Problem geschildert hatte, sagte die Stimme am anderen Ende der Leitung ungeduldig: »Nein, hier wohnt keine Familie Epstein!«, und es machte Klick.

Schließlich schrieb Schlomsky dem Ministerpräsidenten einen Brief. Es war ein sehr romantischer, persönlicher, drängender Brief, und Schlomsky hatte auch ein Foto von sich dazugelegt. Darauf sah man ihn bei seinem Stammitaliener mit dem Kellner noch einmal die Rechnung durchgehen – ein privateres und volkstümlicheres Bild von sich selbst kannte Schlomsky nicht.

Schlomsky und der Ministerpräsident sind jetzt schon seit über einem Jahr ein Paar. Keiner weiß davon, und warum auch – die Blitzlichter der Öffentlichkeit würden nur ihre zarte Liebe stören. Schlomsky ist so glücklich wie lange nicht mehr. Er hat sich in dem Bayern nicht getäuscht, hinter seiner steifen, deutschen Art verbirgt sich tatsächlich ein Juwel von Mensch. Vielleicht, hat der Ministerpräsident neulich zu Schlomsky gesagt, als er ihn aus dem Dienstwagen anrief, vielleicht wird er schon bald alles seiner Frau sagen. Und wenn nicht – so einem süßen großen Tutschkele wie ihm würde Schlomsky wirklich alles verzeihen.

Der Kuß

Kohn hatte noch nie eine Frau geküßt. Als er und Shoshi sich das erste Mal küßten, sah er Funken, Blitze und Davidsterne. Shoshi dagegen sah einfach nur Kohn, nackt und auf einem Tigerfell.

Luftkrieg

Auf dem Weg vom Büro nach Hause machte Katz eine seltsame Beobachtung: Bei Karstadt am Stachus verkauften sie neuerdings Rommel-Mützen, Rommel-Mäntel und Rommel-Vitamindrinks, außerdem gab es schwarze SS-Stiefel mit der Werbe-Aufschrift »Besser treten mit IG Farben!« und selbstklebende Adolf-Hitler-Schnurrbärte. Kurz darauf fuhr ihn am Odeonsplatz beinah ein uralter Mercedes um, und der Mann auf dem Rücksitz sah nicht so aus, als wäre sein Adolf-Hitler-Schnurrbart aufgeklebt. Als Katz an der Pinakothek der Moderne vorbeikam, flatterte draußen ein Dutzend roter Hakenkreuzfahnen im Wind, und ein großes Plakat warb für die Ausstellung »Der Führer malt Joseph Beuys«. Seltsam fand Katz auch, daß ihm während seines Heimwegs ein langer schwarzer Bart gewachsen war und ein Paar hübsch fallender Schläfenlocken. Er trug jetzt einen Kaftan, auf seiner Brust blinkte ein hübscher gelber Stern, und sein Gang hatte plötzlich – nun ja, wie soll man sagen – etwas Hastig-Unassimiliertes.

Als nächstes, Katz stand fast schon vor seiner Haustür, ertönte das Heulen von Luftschutzsirenen. Katz sah nach oben, in den vorweihnachtlichen Abendhimmel über München, und als in den Lichtkegeln der Flak die ersten englischen Flugzeuge auftauchten, rannte er, als hätte er nie etwas anderes getan, um sein Leben. Er stürzte, während draußen die ersten Bomben detonierten, ins Treppenhaus, hastete die Stufen zum Keller hinunter, machte die schwere Stahltür auf – und da stand Herr Knickrehm, der Luftschutzwart, und sagte: »Was wollen denn Sie hier?«

»Aber Herr Knickrehm«, stieß Katz verzweifelt aus, »ich bin's, Katz, Ihr Nachbar. Wir leihen uns doch immer voneinander Salz und andere Kleinigkeiten. Erkennen Sie mich nicht wieder?«

»Natürlich erkenne ich Sie wieder«, erwiderte Herr Knickrehm, »und jetzt aber ganz schnell weg hier!« Und er schlug die Stahltür so laut zu, daß Katz bereits davon einen halben Hörsturz bekam. Ach, wie sollte es nur da draußen werden, in diesem furchtbaren Lärm und Bombenhagel!

Irgendwie überstand Katz diese Nacht dann doch – im Gegensatz zu Herrn Knickrehm und den anderen Nachbarn. Am nächsten Nachmittag wurde er allerdings von einem besonders aufmerksamen HJ-Jungen auf der Straße erkannt, verhaftet und zum Bahnhof gebracht, wo bereits der Zug nach Auschwitz auf ihn wartete. Oh Mann, dachte Katz, während er sich im Viehwaggon die Füße in den Bauch stand, hätten mich doch diese Idioten in ihren Keller reingelassen – dann hätte ich es schon hinter mir.

Der Zahnarzt

Um das Gebiß seiner deutschen Freundin Hildi in Ordnung zu bringen, mußte Rosenberg, der Kieferchirurg, Hildi eine Vollnarkose verpassen. Kaum wachte sie – nach einer halbstündigen Behandlung – wieder auf, beschuldigte sie ihn, daß er sie im Schlaf vergewaltigt habe. Rosenberg konnte ihr diese fixe Idee zum Glück ausreden. Aber die Sache ließ ihm keine Ruhe, und bereits einen Tag später fiel er über die eingeschläferte Frau Mimosenduft her, die alte Freundin seiner Mutter.

Ehebruch

Perlstein betrog seine geliebte Frau Dora wirklich nicht gern – aber was sollte er tun? Nur noch einmal, schwor er sich, ein allerletztes Mal will ich mich mit der heißen Annette treffen. Also sagte er Dora, er wolle über Pessach mit seinen Freunden ein bißchen Remidemi in Eilat machen, und fuhr statt dessen mit Annette auf die Philippinen. Dort gerieten er, seine Geliebte und achtzehn andere deutsche Urlauber sehr bald in die Gewalt der Abu-Sayaf-Terroristen, die sie erst sieben Monate später freiließen, und zwar nachdem für jede Geisel eine Million Dollar Lösegeld bezahlt und Perlstein von der Boulevardpresse mehrmals als »Deutschlands dümmster Bock« bezeichnet worden war.

Als Dora ihren Mann in München am Flughafen abholte, sagte sie kein Wort. Sie stand einfach nur da und weinte und lächelte. Perlstein weinte zwar nicht, lächelte aber ebenfalls. Denn die große Blondine mit dem unglaublichen Sexyarsch, die direkt hinter Dora stand und eigentlich nur auf einen Geschäftspartner aus Düsseldorf wartete, lächelte doch irgendwie auch.

Der halbe Bart

Rappaport ging nur aus Höflichkeit zur Vernissage seines alten Bekannten Blumenfeld. Blumenfeld war Cartoonist und oft eine Spur zu witzig. Das sollte auch am Abend der Ausstellung so sein. Wenige Stunden vorher hatte er sich einen Teil seines kohleschwarzen Vollbarts abrasiert, und darum war seine linke Gesichtshälfte jetzt glatt, die rechte so dicht bewachsen wie immer.

Rappaport interessierte sich aber weniger für Blumenfelds originellen Bart und schon gar nicht für seine witzigen Zeichnungen, sondern für Blumenfelds Freundin, eine kreuznasige jüdische Schönheit, die – wie sie selbst sagte – Blumenfeld gar nicht mehr liebte. Da sie nicht nur tolle, große Brüste hatte, sondern wie Rappaport im siebten Semester Architektur studierte und später für ein Jahr nach New York, Paris, Florenz, Brüssel, Tokio oder Tel Aviv gehen wollte, fiel es Rappaport nicht schwer, in ihr die Frau seines Lebens zu erkennen.

Als sie kurz nach Mitternacht in der bekanntesten Bar der Stadt die ersten tiefen Blicke tauschten, erschien plötzlich der wütende Blumenfeld vor ihnen, um Miri zuerst sanft zu bitten, mit ihm nach Hause zu kommen, da er sie brauche. Weil sie sich weigerte, zog Blumenfeld aus seiner roten Schweinsledermappe mehrere Zeichnungen heraus, die er Miri vor Jahren gewidmet hatte, und zerriß sie demonstrativ vor ihren Augen. Als auch das nichts half, gab er Miri eine halbherzige Ohrfeige und lief laut aufheulend davon.

Rappaport machte es Miri in dieser Nacht dreimal, und genausooft versprach er ihr seine ewige Treue. Irgendwann legte Miri zufrieden ihren dunklen Schopf auf seinen nackten Bauch, und sie versanken beide in leichten und unruhigen Schlaf.

Am nächsten Morgen weckte ein lautes, schepperndes Geräusch Rappaport – er hatte offensichtlich gestern Mittag bei seiner Mutter zuviel Tschulent gegessen. Verzweifelt versuchte er, sich nichts anmerken zu lassen, und auch Miri tat so, als sei nichts gewesen. Sie dösten noch eine Weile vor sich hin, dann standen sie zusammen auf, duschten schnell und frühstückten. Rappaport brachte Miri gutgelaunt zur Bushaltestelle.

Rappaport hörte nie wieder etwas von Miri. Er fand nicht heraus, weshalb, und die zwei Möglichkeiten, die ihm einfielen, schienen ihm beide gleich plausibel zu sein. Manchmal erinnerte er sich noch an dieses Abenteuer, und in diesen Augenblicken hatte er immer das Gefühl, als wachse ihm ein halber Bart.

Die Glatze

Potimkin, der Lektor, litt seit seiner Jugend unter Haarausfall. Obwohl er oft hörte, daß es Frauen gab, die verrückt waren nach Männern mit kahlen Schädeln, hatte er noch nie eine von ihnen getroffen. Auch sonst lief es für ihn in der Liebe nicht besonders. Das lag aber vielleicht nur daran, daß er jeder Frau, die ihm gefiel, sofort einen Geldschein zusteckte und dabei »Aber ohne Gummi« flüsterte, so wie es sein Vater früher immer bei ihren Schabbatspaziergängen im Bahnhofsviertel gemacht hatte.

Einmal kam Potimkin seine Glatze sehr zugute. Das war letzten Herbst, in der S-Bahn von Offenbach nach Frankfurt, als acht Mitglieder der legendären Oi-Oi-Oi-Bande den ganzen Wagen auseinandernahmen, und weil nicht genug Ausländer unterwegs waren, verteilten sie gleich auch noch ein paar Ohrfeigen an die glotzenden Deutschen. Nur Potimkin ließen die Skinheads in Ruhe, sie forderten ihn im Gegenteil sogar auf, mitzumachen. Zuerst zierte er sich, aber dann ließ er sich doch überreden. Er hatte schon zwei indische Geschäftsleute vertrimmt, drei türkische Putzfrauen und ein deutsches Rentnerpaar, das ein bißchen wie Herr und Frau Dr. Mengele aussah, als er kurz innehielt. Was für eine schreckliche, unappetitliche Situation, dachte er, von sich selbst angewidert, dann machte er aber ganz schnell weiter.

Wiedergeboren

Feigenbaum hatte Angst vor dem Tod. Vor allem quälte ihn die Frage, ob er in den Himmel, in die Hölle oder in die Geschichtsbücher kommen würde. Als er, noch keine dreißig, an einer verschleppten Herzmuskelentzündung starb, wachte er eine Viertelstunde später in der Lebensmittelabteilung des Kaufhofs am Rotkreuzplatz als Milchtüte auf, deren Frischhaltedatum zwei Tage vorher abgelaufen war.

Der Heuchler

Der Religionslehrer Fruchter folgte einer alten Tradition, als er seine siebzehnjährige Tochter Irma verstieß und für sie das Totengebet Kaddisch sagte. Irma hatte es gewagt, etwas mit einem halbwüchsigen Goj aus ihrer Klasse anzufangen und – schlimmer noch! – bei ihm und seinen Eltern einzuziehen. Wie kann man sowas erlauben?, dachte Fruchter, während er unter Tränen das Kaddisch sprach. Bestimmt machen diese Wilden nie die Badezimmertür zu, natürlich sind sie Vegetarier, und morgens sitzen die Alten mit den Jungen beim Frühstück und fragen sie, wie es letzte Nacht war.

Fruchter sah die von ihm für tot erklärte Irma erst sieben Jahre später wieder, im Fernsehen, halbnackt und tätowiert in einer Striptease-Sendung. Sie war eine anziehende Frau mit fantastischen Brüsten und Schenkeln geworden, und noch trauriger als die Erektion, die er bei Irmas Anblick bekam, machte Fruchter, daß er seine Frau Chawa nicht wecken konnte, damit sie Irma wiedersah. Chawa hatte ihm nämlich seit seinem Herzanfall verboten, sich diese ganzen aufregenden Sexprogramme anzuschauen.

Am nächsten Morgen erzählte Fruchter seiner Frau trotzdem, er habe Irma letzte Nacht im Fernsehen gesehen.

»Unsere Tochter, gestern, im Fernsehen?« sagte Chawa. »Was erzählst du mir da für Märchen, Abramele? Warum gibst du nicht einfach zu, wie sehr dir unser kleines Mädchen fehlt?«

Matzeklößchen

Danziger hatte eine schwere Jugend. Er hatte immer Ärger in der Schule, weil er frech und dickköpfig war. Eines Tages bat der Direktor Danzigers Vater zu sich. Danziger hatte während des Unterrichts mal wieder so getan, als sei er ein feuchtes Matzeklößchen. Als der Lehrer den Jungen deshalb aus der Klasse geworfen hatte, war Danziger davongerollt und im Flur einige Tage reglos liegengeblieben, wo ihn keiner bemerkte. Sein Vater, der nun wegen dieser Geschichte zum Direktor eilte, rutschte zufällig auf ihm aus und brach sich den linken Arm.

Steuern

Zipkin war gegen den Willen seiner Eltern in die Politik gegangen. Weil sie aber auch nicht wollten, daß er auswärts Hackfleisch ißt, ohne Mütze schläft und mit seiner Schwester Nomi Schlamm-Catchen übt, hatte Zipkin auf die Eltern nicht gehört. Bis jetzt hat er es nicht bereut.

Zur Zeit ist Zipkin Finanzminister. Zipkin liebt es, Finanzminister zu sein. Er kann den Deutschen soviel Geld aus den Taschen ziehen, wie er Lust hat, und sie wehren sich trotzdem nicht dagegen. Das erinnert ihn ein bißchen an seine eigenen Leute, die damals auch immer gemacht hatten, was man von ihnen wollte, nur der Crunchie-Müsli-Aufstand von Litzmannstadt war eine kleine Ausnahme gewesen.

Vor allem liebt es Zipkin, Steuern zu erfinden. Von ihm persönlich stammte die Idee mit der Hämorrhoiden-Steuer. Jeder, der Hämorrhoiden hatte, mußte zahlen, und wer keine hatte, auch. So kam zuerst eine Menge Geld zusammen – und kurz darauf waren wir diese schlimme Volksseuche für immer los. Oder die Anti-Amerikanismus-Steuer. Von einem Tag auf den andern gab es bei uns niemanden mehr, der etwas gegen die Bushs hatte. In Berlin und in Ramstein kam es sogar zu kleineren Demonstrationen, bei denen die Amerikaner aufgefordert wurden, wieder in Deutschland einzumarschieren. »Sicher ist sicher«, riefen die Demonstranten.

Ganz schön war auch die Impotenz-Abgabe. Oder die Extrembesteuerung von Restaurants, in denen es zog.

Nur die Antisemitismus-Steuer funktionierte nicht so, wie Zipkin es sich vorgestellt hatte: Bis auf ein paar ehrliche alte Nazis wollte keiner zahlen, und wie sollte Zipkin dem Rest der Bande etwas nachweisen?

Leider hat Zipkins Beliebtheit bei der deutschen Bevölkerung mit den Jahren nachgelassen. Keiner weiß, warum. Immerhin hat er mit seiner weitsichtigen Finanzpolitik das Land noch reicher gemacht, als es war, und die Deutschen sind noch anständiger und gesünder als vorher.

Vielleicht hatten Zipkins Eltern damals doch recht. »Steck nie deine Nase in fremde Angelegenheiten«, hatten sie ihm geraten. »Oder laß sie dir zumindest in Miami kleiner machen.« Er hat in beiden Fällen nicht auf sie gehört, und wohl deshalb wird er schon bald, sehr bald zurücktreten müssen.

Möglich, daß Zipkin aber auch nicht zurücktritt. Das hängt davon ab, ob er beim Kanzler die sogenannte Zipkin-Abgabe durchkriegt. Über die Details der neuen Steuer ist noch nicht viel bekannt, aber Frauen, die keine Reizwäsche tragen, können sich jetzt schon auf einiges gefaßt machen.

Pragmatismus

Das erste Mal erschien Margulis die Jungfrau Maria Ecke Hohenzollern- und Tengstraße. Sie war halbnackt und hatte einen sehr schönen Heiligenschein. Das zweite Mal zeigte sie sich ihm bei Karstadt am Nordbad, in der Obstabteilung, wo sie über der Kiste mit den Mangos, Lychees und koreanischen Zwergbananen schwebte und für ihn eine Art Steptanz aufführte. Als sie auch noch eine Woche später breit grinsend an seinem Frühstückstisch saß, reichte es Margulis. »Geben Sie sich keine Mühe«, sagte er ganz ruhig zu ihr, obwohl er wirklich wütend war, »von mir wird kein Mensch erfahren, daß ich Sie jemals gesehen habe. Ich hab' zur Zeit auch so schon Ärger genug.«

Dichtung und Wahrheit

Tiefenthal hatte als Geschäftsmann kein Glück. Zwei Boutiquen mußte er schließen, eine Schnellreinigung, einen Kebabstand und ein Geschäft mit Arthur-Rubinstein-Masken. Als er gar nicht mehr weiterwußte, hatte er während des Mittagsschlafs einen Traum, in dem ihm Blau und Grün erschienen. Sie sagten einstimmig: »Du mußt Stand-up-Komiker werden, ein professioneller Witze-Erzähler – so wie wir.«

Tiefenthal gefiel diese Idee. Er studierte mit Hilfe von Freunden, Bekannten und alten Fritz-Muliar-Platten ein größeres Repertoire von jüdischen Witzen ein, kaufte sich einen Smoking und lernte den Agenten Salman kennen, der ihm mehrere Auftritte in jüdischen Altersheimen, bei Hochzeiten und Purimbällen besorgte. Aber Tiefenthal blieb vom Pech verfolgt. Nie lachte jemand über seine Witze, er wurde ausgepfiffen und belächelt, und Salman wußte bald nicht mehr, an wen er ihn noch vermitteln sollte. Aber Tiefenthal liebte seinen neuen Beruf und flehte Salman täglich an, er solle ihm weiter helfen, Arbeit zu finden.

Mit der Zeit wurde Tiefenthal Salman sehr lästig, und darum beschloß der Agent, seinem Schützling eine Lehre zu erteilen. »Die Erinnerung bleibt« hieß die Veranstaltung heimatvertriebener Sudentendeutscher, zu der Salman den armen Tiefenthal schickte. Ahnungslos betrat Salman die Bühne – und erlebte den ersten Erfolg seines Lebens. Das Gelächter der Vertriebenen hörte während seines ganzen Auftritts nicht auf, und sie beklatschten enthusiastisch jede einzelne seiner Pointen.

In der Nacht hatte Tiefenthal einen neuen Traum: Blau und Grün saßen in einem Kaffeehaus, lasen Zeitung und taten so, als würden sie ihn nicht kennen.

Chuzpe

Was war los mit Aronowicz? Gleich bei seinem ersten Treffen mit der unglaublich scharfen, aber schon etwas älteren Liebermann-Tochter Malka beschimpfte er sie von der ersten bis zur letzten Minute. Zum Schluß rannte er auch noch davon und ließ sie mit der Rechnung sitzen. Als sie sich ein paar Tage später zufällig bei Nordsee am Zoo wiedertrafen, sagte er: »Tut mir leid, wirklich. Aber wie soll ich sonst auf ein solches Schmuckstück wie dich Eindruck machen?« Und dann verschwand er gleich wieder.

Geklont

Kautsky, der Dermatologe, hatte schreckliche Angst vor dem Tod. Eigentlich hatte er gar keine Angst vor dem Tod, er hatte eher Angst vor dem Leben nach dem Tod, und da, um genau zu sein, vor einer Wiederbegegnung mit Leuten wie Hermann Göring, Baruch Goldstein oder den halbversteinerten, reichen Weibern aus seiner Praxis, die das Botox, das er ihnen spritzte, am liebsten auch noch getrunken hätten. Außerdem, was sollte er mit seinen alten, unerledigten Steuerbescheiden, wenn er schon tot war?

Also beschloß Kautsky, sich klonen zu lassen. Kaum war der neue Kautsky alt genug, übergab der alte Kautsky ihm die Praxis und bekam zwölf unheilbare Krankheiten gleichzeitig. Das war dem Neuen aber völlig egal, er rief ihn nie an, und er schickte auch keine Blumen. Statt dessen ruinierte er mit seinen ewigen Urlauben das Geschäft, und man sah ihn häufiger auf Ibiza, Gran Canaria und der neuen Frau Kautsky als an seiner Botoxspritze oder Laserkanone. Dann beschloß er auch noch eines Tages, alles zu verkaufen und sich nach Indien abzusetzen, um sich dort von einem ehemaligen israelischen Vier-Sterne-General, der sich inzwischen Guru Mojschi Rabinowitschi nannte, in der sogenannten permanenten Erektion ausbilden zu lassen.

Jetzt hatte der alte Kautsky aber wirklich genug. Mit letzter Kraft schleppte er sich in die Praxis, um sich den neuen, geklonten Kautsky vorzuknöpfen, und weil der

Neue letzten Monat den Familien-BMW bei einer spontanen Monaco-Spritzour zu Schrott gefahren und das schöne, alte Mercedes-Coupé längst seinem Sexguru geschenkt hatte, mußte der Alte zu Fuß gehen. Als er endlich ankam, spuckte er wütend aus. Die Praxis gab es nicht mehr, und dort, wo er jahrelang den Menschen geholfen und außerdem eine Menge Geld gemacht hatte, war jetzt die Deutschland-Vertretung der gemeinnützigen Erektionsstiftung von Guru Mojschi.

Erschöpft und enttäuscht sank der alte Kautsky zu Boden und blieb vor der Eingangstür liegen. Kurz darauf starb er, und als er Sekunden später im Jenseits erwachte, begann er sofort laut zu fluchen. Er saß in seiner Praxis, er hielt eine Botoxspritze in der Hand, und seine nächste Patientin war die Frau von Hermann Göring.

Ekstase

Lewin, ein fauler, aber ungewöhnlich intelligenter Judaistikstudent, wollte schon lange mit Hilfe der Thora beweisen, daß es keinen Gott gab. Immer wenn er bei den Eltern seiner Verlobten Schella zu Mittag aß, seinem Vater die Füße massierte oder sich sonst schrecklich langweilte, malte er sich aus, wie er eines Tages in Jeruschalajim eine Atheisten-Jeschiwa gründen würde. Dort würden er und seine Schüler mit demselben Eifer und derselben Achtung vor dem Thorawort wie die Frommesten aller Frommen die Existenz Gottes widerlegen. »Endlich eine gute Idee da unten«, hörte er eines Tages, als er sich mal wieder seinen blasphemischen Phantasien hingab, jemanden von sehr weit oben mit einer tiefen, metallischen Stimme sagen. Lewin tat so, als habe er nichts gehört, aber er war hinterher noch tagelang wütend – es gab Gott also nicht nur, er war außerdem auch noch ein richtiger Sadist.

Paradigmenwechsel

Lifschitz, der Ex-Kommunist, der in den sechziger Jahren von Rußland über Israel nach Berlin gekommen war, wurde erst im Westen zum Zionisten. Darum verachtete er alle seine Freunde und Verwandten, die wie er die Sowjetunion verlassen hatten – aber nicht, um in Judäa und Samaria Wehrdörfer zu errichten, sondern lieber in Hamburg oder New York Pizzabuden und Elektrogeschäfte. Er brach zu ihnen sofort den Kontakt ab und erklärte wütend: »Ich kenne sie, ich kenne ihn nicht mehr!«

Lifschitz war aber nicht wirklich ein Heuchler. Er brauchte nur etwas, woran er glauben konnte. Als dann Michail Gorbatschow, der große kommunistische Reformator, die politische Bühne betrat, sprang wieder ein Schalter in Lifschitz' Gehirn um. Israel und die Juden waren vergessen, das neue Rußland war ab sofort sein Himmelreich, und es war nur eine Frage der Zeit, bis Lifschitz, der nun geschäftlich jeden Monat in Moskau zu tun hatte, sich dort eine Geliebte nahm. Sie war zwar dreißig Jahre jünger als Frau Lifschitz, aber ebenfalls eine füllige Russin, die sich selten wusch und beim Teetrinken Geräusche wie eine Herde verdurstender Antilopen machte.

Als Lifschitz eines Tages das Durcheinander in seiner Brieftasche ordnete, fielen ihm das erste Mal gleichzeitig die Fotos der Ehefrau und der Geliebten in die Hände. Lifschitz verglich und erschrak: Die beiden sahen sich ja überhaupt nicht ähnlich.

Die Erleuchtung

Als Perlmut erfuhr, daß seine verheiratete Schwester Ida eine Affäre hatte, wurde er vor Schreck ohnmächtig. Kaum war er wieder wach, beschloß er, endlich etwas mit seiner Cousine Dafna anzufangen.

Therapie

Perelman telefonierte täglich mit seiner Therapeutin. Seit er Brenda Weinsteins Praxis auf der Upper Westside vor fünf Monaten das erste Mal betreten hatte, wußte er, daß er mit ihr schlafen wollte. Sie entschied sich darum nach wenigen Sitzungen für eine Telefontherapie, obwohl sie keine Erfahrungen auf diesem Gebiet hatte. Schon bald wußten sie nicht mehr, wer der Therapeut war und wer der Patient. Sie stritten sich ständig, und kaum legten sie auf, rief Weinstein Perelman wieder an, um ihn zu fragen, warum er sie so lange nicht mehr angerufen habe.

Die Gespräche verliefen immer gleich: Perelmans Hormone spornten ihn zu übermütigen Vorschlägen und eindeutig zweideutigen Einladungen an. Weinstein dagegen versuchte, Perelmans Familiensituation aufzuarbeiten und die wahre Ursache für seine ewigen Migränen und Verstopfungen zu erforschen.

»Na gut«, entgegnete Perelman einmal, »Sie haben recht. Ich bin 1968 in Boston geboren und im Alter von neun Jahren mit meinen Eltern nach New York gezogen. Aber was soll das mit meiner Verdauung zu tun haben?« Er ärgerte sich über den unüberhörbar gereizten Ton in seiner Frage und sah sich sofort wieder um mindestens fünf Gespräche von der gemütlichen Liege in Brendas Büro entfernt.

Eines Tages stand Perelman vor Weinsteins Tür und machte ihr einen Vorschlag, den sie nicht ablehnen konnte.

»Doktor«, sagte er so entschlossen wie sonst nur, wenn er seine Mutter anflehte, ihn nicht vor allen Leuten Pipilein zu nennen, »Doktor, Sie wollen doch nicht das allerneueste Trauma in meiner Sammlung werden! Schlafen Sie mit mir ein einziges Mal, zur Probe, dann wissen wir endgültig beide, woran wir sind.«

Weinstein, die schon seit Monaten keinen Sex mehr hatte und immer öfter mit dem Gedanken spielte, sich zumindest einmal selbst zu verführen, nickte – und riß Perelman zu Boden.

Und so ging es weiter: Zuerst konnte Perelman nicht, dann konnte Weinstein nicht, dann konnten sie beide nicht. Aber nachdem sie sich mit einem zwölf Jahre alten Sabralikör Mut angetrunken hatten, den Weinstein damals beim Schiwesitzen für ihren Lieblingsonkel Dave in Tallahassee geklaut hatte, konnten sie plötzlich doch.

»Oij, Reb Perelman«, jauchzte Weinstein auf dem Höhepunkt des Genusses, »warum haben wir das nicht schon früher gemacht?«

»Das frage ich Sie auch, Brenda«, rief Perelman, und sie fingen gleich wieder von vorne an.

Seitdem sind viele Jahre vergangen. Sie machen es nicht mehr so oft, aber wenn, dann ruft Perelman Weinstein, die neben ihm vor dem Fernseher schnarcht, auf ihrem Handy an und säuselt: »Doktor, Doktor, ich brauch' wieder unbedingt eine Therapie.«

Geschäfte

Schon als Achtjähriger entdeckte Gildenblatt seine Schwäche für Geschäfte. Eines Tages schrieb er seiner Mutter einen Brief:

»Müll runtergetragen, Brot geholt, Jankele zum Spielplatz gebracht, Kinderzimmer aufgeräumt. Macht neun Euro.«

Gildenblatts Mutter drehte den Zettel um und schrieb auf die Rückseite:

»Neun Monate in meinem Bauch getragen, zwei Jahre Windeln gewechselt, als du Mumps hattest, nachts nicht geschlafen, jeden Tag zur Schule gefahren – alles umsonst.«

Der Junge war beschämt. Tränen stiegen ihm in die Augen, und er weinte kurz und heftig. Dann sagte er: »Das Geld brauche ich bis morgen.«

Entropie

Tischmann, der Philosoph und Erfolgsautor von »Letzte Fragen leicht gemacht«, kaufte sich von Zeit zu Zeit eine Rolle braunes Klebeband und machte damit verrückte Sachen. Mal klebte er die Briefkästen seiner Nachbarn zu, mal die Fenster und Schlösser der Autos in seiner Straße. Oder er fesselte mit dem Packband seine Freundin Annika an die großen goldenen Griffe des Spiegelschranks, an dessen Kauf sie allein schuld war, und las ihr seitenweise aus Heideggers »Was heißt Denken?« vor. Einmal klebte er sogar die Hörer seiner Telefone und alle Topfdeckel fest, und weil er schon mal dabei war, umwickelte er Annikas Dildo mit so viel Klebeband, bis er wie eine Joseph-Beuys-Skulptur aussah und nicht wie Tischmanns größter Konkurrent.

Eines Tages verlor Tischmann aber die Lust an seinem seltsamen Hobby. So unerwartet, wie sie gekommen war, ging sie wieder. Eine Weile bewahrte er noch die letzte unverbrauchte Rolle in seinem Schreibtisch auf, konnte mit ihr aber nichts mehr anfangen. Der Tag, an dem er sie wegwarf, war eine einzige Katastrophe. Das Leben, das wußte er genau, hatte nun endgültig keinen Sinn mehr.

PMS

Eines Morgens wachte Kohn auf und fühlte sich wie eine alte, vom Regen durchweichte Zeitung.

»Shoshi«, sagte er zu seiner Frau, die hinter ihm im Bett lag und versuchte, den japanischen Aufdruck auf seinem Hello-Kitty-T-Shirt zu entziffern, »es geht mir gar nicht gut.«

»Was hast du, mein Täubchen?« sagte sie. Sie rutschte noch näher an ihn heran und legte ihren großen, schweren Schenkel auf sein Bein.

Kohn stöhnte laut auf und zog langsam sein Bein unter ihrem Bein raus.

»Hast du Schmerzen?«

»Nein«, erwiderte er, »es ist eher seelischer Natur.«

»Ach so«, sagte sie. Dann legte sie den Schenkel wieder auf sein Bein, und vielleicht waren es diesmal auch zwei Schenkel.

»Mir ist zum Heulen«, preßte Kohn zwischen den Zähnen hervor, »und ich weiß nicht, warum. Am liebsten würde ich aus dem Fenster springen und mich dabei auch noch in der Luft langsam selbst erwürgen. Und ich möchte Schokolade essen, ganz viel Schokolade. Ich tu mir ja so leid, Shoshi!«

»Schuldest du jemandem Geld?«

»Nein.«

»Hast du eine andere?«

»Nein.«

»Mußt du heute abend zu deinen Eltern?«

»Auf keinen Fall.«
»PMS«, sagte Shoshi trocken.
»PMS?«
»Ja – prämenstruelles Syndrom.«
»Was?«
»Hab' ich immer.«
»Aber ich bin doch ein Mann, Shoshi!«
»Ja, mein Täubchen, natürlich«, hauchte sie und umarmte ihn so fest von hinten, daß er kaum Luft bekam. Sie küßte ihn in den Nacken und auf die Ohren, ihre Hände rutschten auf seine Brust, und plötzlich fühlte er etwas Hartes in seinem Rücken. Es wurde immer größer, und je größer es wurde, desto schneller ging Shoshis Atem, der jetzt nach Zigaretten und Chumus mit Knoblauchsoße roch.
»Shoshi?« sagte Kohn.
Aber Shoshi konnte nicht mehr sprechen vor Erregung.
»Shoshi, bitte, mir geht's nicht gut.«
Keine Reaktion.
»Shoshi, bitte, ich hab' PMS.«
Shoshi machte trotzdem weiter, und als sie fertig war, fuhr sie mit der Hand zwischen Kohns Beine und sagte müde: »Und jetzt du, Baby.«
»Nein, nein«, sagte Kohn, »später vielleicht.«
Dann schliefen sie beide ein, Shoshi vor Erschöpfung, Kohn vor Schreck. Als sie eine Stunde später wieder aufwachten, war alles wie früher und beide wußten nicht mehr, was passiert war.

Na gut, Kohn wußte es schon noch, aber er hat bis heute keinem was davon erzählt.

Trauma

Löw verliebte sich nur in Frauen, die Schuhgröße 40 hatten und nicht verheiratet waren. Manchmal hatten sie Schuhgröße 39 und waren verheiratet, und das war auch nicht so schlimm. Hauptsache, sie spuckten nicht beim Sprechen und hatten keine Handtücher, in die ihr Name, ihre Blutgruppe und die Gesichter von Laurel und Hardy eingestickt waren. Zum Glück gab es solche Handtücher sehr selten. Eigentlich hatte Löw noch nie ein solches Handtuch gesehen, aber er war als der Sohn seiner Mutter auf alles vorbereitet. Löws Mutter war nämlich in Auschwitz, und das erklärt einiges.

Löws Mutter war das erste Mal letztes Jahr in Auschwitz. Am Anfang lief alles sehr gut. Ihr wurde nicht schlecht bei der Führung wie den meisten anderen aus der Frankfurter Reisegruppe. Im Hotel hatte sie ein Zimmer für sich, es zog nicht, und die Matratze war auch nicht zu weich. Und zum Lesen hatte sie die Memoiren von Donna Karan dabei, und ein so gutes Buch hatte sie lange nicht mehr gelesen, zuletzt vielleicht die Memoiren von Calvin Klein.

Leider hatte Löws Mutter am letzten Abend den alten Slipkin auf ihr Zimmer gebeten. Sie hatte lange überlegt, ob sie es nicht lieber mit Bentschik Berstein versuchen sollte, aber der war schon hinter ihr her gewesen, als ihr Mann noch lebte, und das war nicht nur sehr schäbig von ihm, er hatte außerdem nur ein Bein.

Der alte Slipkin kam sofort zur Sache. Er meinte, sie

könnten noch im Sommer heiraten, er hätte auch schon Plätze für sie beide auf dem Neuen Friedhof gekauft, und sollte sie mal wollen, er könne noch, aber bestehen würde er auch nicht darauf. Er machte ihr also wirklich ein perfektes Angebot, und Löws Mutter wollte schon ja sagen. Aber dann zog er aus seiner Hosentasche eine volle Teetasse heraus, trank einen Schluck, sagte: »Darauf werde ich nie verzichten, nur daß du's weißt!« und schob, ohne ihr etwas anzubieten, die Tasse wieder in die Hosentasche zurück. Löws Mutter brach in Tränen aus und schmiß ihn natürlich sofort raus. Am nächsten Morgen, beim »Marsch der Lebenden« von Birkenau nach Auschwitz I, versuchte sie zwar noch, wieder mit Bentschik Berstein ins Gespräch zu kommen, aber der hatte nur noch Augen für die Witwe von Mendel dem Tembel.

Seit Auschwitz war Löws Mutter nicht mehr dieselbe. Sie machte ihre Maniküre plötzlich selbst, kaufte Kleider im Schlußverkauf, und neulich ließ sie sogar einen Bridgeabend ausfallen. Es war ein schlimmer Schock für sie, ein richtiges Trauma, und Löw würde lügen, wenn er sagte, die schlechten Erfahrungen seiner Mutter hätten nicht auf ihn abgefärbt. Wann immer er jetzt eine Frau kennenlernte, dachte er automatisch: Wird sie genauso gemein zu mir sein wie der alte Slipkin zu Mama? Aber dann fragte er sie trotzdem nach ihrer Telefonnummer, Auschwitz hin oder her.

Abigail

Bestimmt erinnert sich noch jeder an Weinrock. Weinrock hat mal bei den Gemeindewahlen mit dem Slogan kandidiert: »Ich schenk' euch alle meine Röntgenbilder!« In seinem Laden in der Grindelallee gab es nichts zu kaufen außer ein paar verfallenen Flugtickets nach Birobidschan, und als der dämliche Fleckie Karp gleich zwei davon haben wollte, warf Weinrock ihn mit den Worten raus: »Witzig bin ich schon selber, du Joine.«

Oder Weinrocks Klezmerband. Sie hießen »Die Unvergasten«, und eigentlich bestand die Band nur aus Weinrock. Weinrock konnte zwar nicht singen, und ein Instrument konnte er auch nicht spielen, aber er gab ständig Interviews. Meistens wollten sie von ihm wissen, wie es für einen wie ihn sei, trotz allem »hier« weiterzuleben und weiterzusingen. »Hauptsache, ich hab' warmes Wasser und muß nicht jeden Tag mit dem verrückten Hund meiner Mutter raus«, antwortete Weinrock immer, und darum waren »Die Unvergasten« eine Zeitlang sehr populär.

Wer Weinrock einmal mit eigenen Augen gesehen hat, wird ihn erst recht nicht vergessen. Egal, ob er schlechtgelaunt in seinem leeren Laden saß, im Café Vienna Schnitzel in sich hineinstopfte oder seinen halbjährlichen Drei-Minuten-Gesundheitsspaziergang an der Elbe machte – er war immer umringt von einer großen, dunklen Menschentraube. Wer waren diese Leute? Seine Eltern zum Beispiel, seine vier Brüder, drei Cousins und acht Cousinen, seine beiden Kindergärtnerinnen Orli und Norli, seine Klavierlehrerin Frau Hollstein, die Madrichim von allen seinen Israelreisen, auch die, die ihn nicht gemocht hatten, und vor allem jede Frau, die schon mal seinen Schmendrik hatte stehen sehen.

Im Lauf der Jahre wurde Weinrocks Gang immer größer. Sie saßen zu seinen Füßen, lagen in seinem Bett, kamen mit ins Bad und warteten, bis er fertig geduscht hatte, und wenn er eine Frau kennenlernte, waren alle vom ersten zerrissenen Höschen bis zum letzten Streit dabei. Dann gesellte sich Weinrocks neue Ex-Frau zu den alten Ex-Frauen und trottete zusammen mit ihnen und allen anderen durch Weinrocks Leben.

So wäre es immer weitergegangen, hätte Weinrock nicht eines Tages die junge Schriftstellerin Abigail kennengelernt. Was soll man hier jetzt groß von Abigail erzählen? Sie war genauso seltsam und störrisch wie Weinrock – ihr letztes Buch hieß »Leck meine Zehen, Rosenbaum!« –, und genau darum hatte sie keine Lust auf Weinrocks Gang. Sie sagte es ihm, noch bevor Weinrock ihr erstes Höschen zerriß, und er sagte, komisch, das hat mir vorher noch nie eine gesagt.

Weinrock und Abigail leben beide schon lange nicht mehr in unserer Stadt, und sie haben jetzt zusammen ihre eigene Gang.

Der Liebesbrief

Nachdem Kohns Frau Shoshana mit ihrer Fitneßtrainerin Bianca, ihrer gesamten La-Perla-Unterwäsche sowie dem Manuskript von Kohns neuem Roman »Der Ständer von Eppendorf« abgehauen war, schrieb Kohn ihr einen Brief.

»Shoshi, mein Liebling«, begann er, »du hast vollkommen recht. Ich habe Haare auf dem Rücken, mehr Muttermale als Freunde, und ich sehe mit zwei Augen schlechter als Moshe Dayan mit einem. Ich will immer dann, wenn du nicht willst, und wenn du willst, kann ich nicht, und wenn wir beide wollen, komme ich garantiert vor dir, egal, wie schnell du bist.

Warum, fragst du dich außerdem, singe ich beim Schreiben laut alte Kibbuzniklieder und trommle dazu im Takt mit dem Kopf gegen die Tischplatte? Warum heißt du in meinen Büchern immer Hadassa oder Yentel und hinkst? Und warum mußt du im Restaurant dein Essen jedesmal selbst bezahlen? Ich weiß es nicht, mein Täubchen, tut mir leid.

Aber ich weiß ja auch nicht, weshalb du jedes Jahr fetter werden mußt, wieso ich in der Firma nie zu dir durchgestellt werde, sondern immer nur zu deinem rumänisch sprechenden Vater, und daß wir für dein Enthaarungswachs inzwischen mehr Geld ausgeben als für die Nachhilfelehrer unserer schwachsinnigen Kinder, finde ich, ehrlich gesagt, auch nicht so toll.

Bleib also, wo du bist – und wenn du genug hast von deiner drahtigen Schickse, komm bitte sofort wieder zu mir zurück! Ohne dich bin ich ein einziges Nichts, ein Mann ohne Eier, ein Schriftsteller ohne Ideen, ein Jude ohne Neurosen. Ich weiß auch nicht, warum. Dein Dudschik.»

Inhalt